崔小萍
廣播劇選集
｜第二夢｜

一個沒有電視　沒有冰箱的時代
台灣老百姓每天準時守在收音機旁　收聽廣播劇
這是人們一天最期待的時刻……

崔小萍（著）

寫在前頁

魏景蒙

這本書是崔小萍女士所編寫的廣播劇集，全書六萬餘字，包括「第二夢」「歸來」「新生」「天平上」「全權教師」「二又二分之一」等六個故事的劇本，主題正確，結構謹嚴，是她編著「廣播劇集」的第三集。

廣播劇自民國四十一年始奠定其獨特的風格，無論在劇本的編寫上，播出技巧的運用上，皆脫出舞台劇的窠臼，發揮了「聲音的感染力」的最大效果，成爲當時擁有聽衆最多的節目，許多人以收聽星期日晚間全國聯播的廣播劇爲日常生活中不可缺少的享受。崔小萍女士擔任導演的工作，對廣播劇的「形成」，貢獻最多，其時廣播劇作家，如劉君非烈、朱君白水、趙君之誠等，羣賢爭流，但如果沒有崔小萍女士在演出上悉心規劃指導，賦以實體的血肉生命，則廣播劇也不會有當時這樣優秀的水準。其後崔女士自己編寫了一些廣播劇，自構想、編寫、以至演出，出於一人之手，自更能融合貫通，編劇時的構想，不僅爲便利播出，亦得以其對播出的體驗，嘗試新的播出技巧的運用，而在指導播出時又更能掌握編劇時的意識感情，使之毫髮無憾。因此，崔女士所編數劇都能發揮很突出的效果，而在其刻劃人性、組織故事與對話的技巧上，亦均不失爲上乘之作。我曾在廣播界與崔女士共事多年，於廣播劇製作的甘苦，及崔女士對廣播劇的貢獻，體認至多，特在這本書付印以前，略綴數語，以誌欣賀之意。

目錄

寫在前頁　魏景蒙／3
歸來／7
第二夢／41
新生／89
天平上／125
全權教師／161
二又二分之一／203
後語／243

童劍凌短篇小說

「頂替」改編

歸來

歸來

人物

藍太太
藍美東
徐子偉
藍顯東
伍太太
鄭老伯

東：媽！媽！
藍：哎！
東：你在那兒呀！
藍：我在廚房裡！

東：媽！

藍：美東，瞧你跑的一身汗，幹嗎這麼興奮？你的功課又考了滿分嗎？

東：這比考了滿分還高興，你猜猜！

藍：美東，什麼事都叫我猜，你媽媽老了，腦筋不中用了，還是告訴我吧！

東：不，這次你一定得猜；你猜不準，我就不告訴你；媽，把鍋放下嘛，等一會再做飯

——

藍：這怎麼成，你肚子不餓？別鬧了，媽做好飯，還得去辦公呵！

東：算了！請一次假，來呀，到客廳裡來……

藍：別瘋了，你這個孩子，就這麼任性，不是風就是雨，都叫我慣壞了！

東：從現在起，我擔心你會驕慣另一個了！

藍：什麼？另一個？

東：哎，另一個，猜吧。

藍：呵！美東，眞的？

東：眞的，這回是眞的！

藍：我們日夜盼望的事，變成眞的了？快告訴我，美東，別再叫你媽着急了！

東：看，這是什麼？

藍：信，有回信了，（笑）眞的有回信了，「藍雲樹」，雲樹，他還記得你爸爸的名字！

東：我們的尋人啓事上又沒說爸爸已經去世了，他當然寫爸爸的名字……

藍：美東，把我的眼鏡拿來——噢，等一等，還是你唸給我聽吧，我怕……我失望的次數太多了。

東：我們先約法三章，「不准哭」，自從爸爸死了以後，你哭的時間太多了，你的眼力越來越壞，你再不愛惜你，我就什麼也不管你啦……

藍：好厲害的女兒，什麼我都聽你的，好吧！

東：我唸啦……

藍：等一下——讓我坐下來，好啦，美東，要是——就不必唸了……

東：媽，你聽完了就知道了！

「父母親大人：兒已逃出鐵幕，在香港報上見尋兒之啓事：喜極欲狂，不日將隨大陸救災總會安排的船來台灣，願我能帶給你們快樂，一切面談，敬祝健康！平安！

兒顯東　敬上

東：媽！好消息吧，我們盼望了這麼多年了，媽！你哭吧，你還是哭吧！這樣呆瞪着我多可怕！

藍：（喜極而泣）顯東！顯東！我的兒子，你終於逃出來了，媽有機會補償她的過失了！

東：媽眞是的，你把哥哥留給外婆的時候，還不是因爲戰事不好帶，又不是你故意不管他，有什麼値得歉咎的呢？

藍：美東，你還不能瞭解做母親的心，雖然你已經大學了，當時如果我意志堅定一點，再怎麼苦，還不是把你哥哥也帶着一起走了？讓他從四歲起就跟着你外婆生活，一直到現在，我怎麼不難過呢？

東：現在別難過了，哥哥就要來了！我眞高興，現在學校裡，如果誰再欺侮我，我哥哥可以保護我了！

藍：是的，你爸爸死了，你哥哥就是我們家唯一的保護者了！哎，信上沒說什麼時候到呵？我們怎麼到基隆去接他呀！

東：我會去向救總會打聽的！這個您放心！哥哥住那個房間？

藍：把你爸爸的書房整理一下，讓他住，你哥哥現在是一個大男人了，應該有個自己的房間，你說是嗎？

東：媽？你能想像出哥哥現在是什麼樣嗎？

藍：嗯——很難……不過，我想他大概會像你爸爸，高高大大的，大眼睛高鼻子……美東，你瞧，你哥哥這張兩歲時候的照片，不是很漂亮嗎？

東：那我們到基隆碼頭去，就舉着這張小男孩穿開襠褲的照片去「尋人」了！

藍：我想我會認得出誰是你哥哥，因爲我是他母親呵！

東：我可不能在碼頭上亂叫哥哥，否則認錯了，那才叫我們的同學笑話呢？認爲我想哥哥想瘋了呢？（笑）

藍：我要是亂認兒子，那才叫想兒子想瘋了呢？（笑）

東：媽！我就去救總會問問消息，回來我們就整理房間吧！

藍：好！你吃了飯就去，我到廚房去……

東：媽！我吃不下了，我眞希望哥哥今天就到台灣呢？我走了！（跑）

藍：美東！先買個麵包吃，別餓出胃病來……

東：（遠）我知道……

藍：顯東！你終於要回來了！我的兒子！我要補償這麽多年我對你失去的母愛！雲樹！你知道嗎？你的兒子就要回到我們身邊來啦！你在天之靈，保佑我們的孩子吧！

——音樂——

電鈴——

伍：來啦！（開門）接回來啦？

藍：接回來了！謝謝你，伍太太！

東：哥哥！進來呀！別害怕！這就是我們的家，這是伍媽媽！我們的鄰居，今天幫我們看家的！

藍：來吧！顯東！別拘束！這就是你的家！

伍：呵呀！眞想不到這兒子這麽漂亮呀！你怎麽認出來的？

藍：別說了，他下了船，我們也不敢叫他，救總會的人告訴我們說，這批來的，只有他一個是學生，姓藍，絕對不會錯……

東：我就大胆的他他喊了一聲：「哥哥！」都把哥哥喊楞了！

藍：我喊他「顯東」，他也不回答我，好像喊的不是他似的，他大概也高興的忘記自己是誰了！

伍：這是太高興呵！藍顯東，你這次能找到家，可先要感謝我……

藍：不是伍媽媽在香港托人登報找你，不曉得那一天你才能找到我們呢？

伍：怎麼不說話？叫共產黨管的不會說話啦！從匪區裡剛出來的人，說話都好像很小心似的，就怕萬一說錯了話就會被處分，所以……

東：哥哥！你怎麼啦！瞧你的臉，一陣青一陣白的，是不是不舒服？

藍：怎麼啦？顯東？

伍：是不是太緊張啦？

藍：顯東！告訴媽，你怎麼啦？

徐：我……沒什麼……也許……我太高興了……

藍：美東！帶你哥哥到你爸爸書房裡去，讓他休息一會兒，離開這麼多年，也許他感覺到陌生……

東：來！哥哥，來看看我替你整理的房間好不好？我的一些小玩意兒，都給你擺上了……（遠）

伍：唉！今天你兒子來，你的心事才算了了吧？

藍：我真好像在做夢哪！想了這麼多年的兒子，今天會真的站在我眼前，我真不敢相信是眞事兒呢？

伍：藍太太，從今以後，你就要安心享福了，一兒一女在身邊，你這位老太太就不用再操勞了！

藍：不成呵！兒子女兒都得大學畢了業，我這付擔子才能放下呢？

伍：我眞佩服你，藍太太，自從藍先生飛機失事以後，你能這麼堅强的支撐這個家可眞不容易……

藍：唉！說那些做什麼？事情到了頭上，還不是天塌下來，也得頂着……要是雲樹還活着，看見顯東回來，眞不知道要多高興呢？他一生最悔恨的，就是當時沒同意我要把顯東帶着一起走……現在顯東終於回來了，可是他却……

伍：你怎麼又難過起來啦？都恨我多嘴……

藍：那裡……我是太高興啦……

伍：你休息一會兒吧！今天去碼頭接兒子累了一天啦！洗澡水我也替你燒好了，照護兒子洗澡吧！

藍：謝謝，伍太太，這麼多年以來，你眞是我們的好鄰居！

伍：別客氣了，我該走了，我們那一大家子，過一會都要過來看你兒子呢？

藍：好！歡迎之至！

伍：回頭見！

藍：哎！回頭見……顯東眞的回來了，是眞的嗎？顯東，顯東……

東：（遠）我領哥哥參觀我們的房子呢？

藍：顯東！

徐：呵！

東：哥哥你怎麼還是像「魂不守舍」似的？你現在回到自己家裡來還客氣嗎？自從看見你到現在，大半天了，我沒聽你講幾句話，難道說……

藍：美東，別責備你哥哥……也許他累了……

徐：沒累，我只是覺得……

藍：這是你的家，我是你母親，她是你妹妹，也許我們離開了十六七年，我們生活在兩個世界裡，使我們陌生了，不過你住幾天，一切就會習慣的……

徐：是的……這是……爸爸的遺像？

東：爸爸在我十二歲的時候死的……

藍：爲了怕你難過，我們不好在啓事裡告訴你，所以還是寫了你爸爸的名字！

徐：藍——雲樹……爸爸……是空軍嗎？

藍：你不記得啦？你外婆沒告訴過你？

徐：呵？……說起過……我一時糊塗了！……

東：哥哥在匪區受盡折磨，頭腦也許受傷了……

藍：顯東，你還記得你外公是怎麽死的？你把當時的情形說一說……

東：是的！哥哥，快說一說家鄉的情形，我和媽離家的時候，我才四個月，什麽也不知道！

徐：外公是……據說是因爲爸爸……是空軍，共產黨黨就按國民黨的親族罪，把外公鬥爭死了！

藍：唉！沒想到他老人家老來還有這樣的下場，你外婆的風濕病最近幾年好點沒有？

徐：什麽？外婆有風濕病？我沒有聽……嗯……好些了！

藍：你的口音怎麽改的這麽厲害？一點也沒有我們家鄉音？你不是最近才到廣州嗎？

東：我也覺得奇怪，哥哥的口音怎麽竟像……

徐：那是……那是……我們下鄉勞動，或者跟着文工團環省演戲慰勞的時候，跟他們學的！有些南腔北調，把家鄉話都忘了——

東：哥哥你很會演戲吧？

徐：演戲？我不是……

東：我看你很像個演員，以後如果不繼續讀大學，就去考電影明星吧！一定一鳴驚人！

徐：我……

藍：美東，別使你哥哥受窘了，他不大學畢業，我是不准他工作的！

徐：我恐怕！趕不上這兒的資格——在匪區，做學生的整天勞動，根本不唸什麼書……

東：那沒關係，你在這兒上一年補習班，就可以考大學了！……

徐：那再說吧……

藍：先不討論這些吧，顯東，明天，帶你去空軍公墓，去看看你爸爸的墓，過幾天我們出去旅行一次，讓你看看自由的台灣進步情形，散散心，舒暢舒暢，然後再談讀書或做事吧？

東：你有什麼疑難的問題，可以請教我，我可以做你的顧問和嚮導！

徐：美東！

東：啊？什麼？……

徐：美東——妳真是我的好妹妹！

東：媽媽，妳聽哥哥又在唸台詞了。

藍：好了，別頑皮了，讓妳哥哥休息吧？等一會兒我們再考問他。

東：哥哥，你現在回來了，媽就不能寵我一個人了，從前媽媽整天不斷的說美東啊！衣服穿好了嗎？別受涼……美東啊！便當拿了嗎？美東啊！……哈哈，現在卻要顯東啊，你怎麼啦，顯東啦，你快到媽這兒來……哈哈！

藍：顯東，瞧你妹妹，雖然十七八了，還像個小孩兒。

徐：妹妹眞可愛！……

東：呵！我親愛的哥哥，你說誰可愛？（像唸舞台劇的台詞）

藍：（笑）美東，別鬧了，我們該讓妳哥哥洗澡吃飯了。

東：遵命，大少爺，請吧！（笑）

徐：媽媽——我沒想到妹妹……我沒想到——有這麼個好妹妹，這麼好的一個家，還有您——沒有想到這一切來的都很突然和意外。

音樂

東：（唸）「這一切都很意外——我沒有想到……

媽媽！我懷念妳——

顯東：你在那兒？顯東！你在那兒？

媽！你快來！

藍：什麼事呀？

東：你來看看嘛！

藍：妳在你哥哥屋裡做什麼，別亂翻妳哥哥的東西，他會不高興的。

東：妳來看，哥哥寫的什麼呀？

藍：這些碎紙片你在那兒檢的！

東：我替哥哥整理房間，在他字紙簍裡發現的——媽！妳看這幾片對起來是什麼？——

藍：（唸）「顯東，媽媽很好，你放心」，「你是誰，我是誰呀？」

東：（唸）「我有個漂亮的妹妹」哼！哥哥眞神經，寫這些做什麼，人已經在台灣了，還說你在那兒？他自己就是顯東，還問「我是誰？」媽！妳說哥哥是不是個大傻瓜！

藍：他不是個大傻瓜，他很聰明的，可是他寫這些是什麼意思呢？美東，妳覺出來沒有，妳哥哥和我們之間，好像隔着一層什麼似的，他好像有沉重的心事，而不願意向我們說明白——

東：是不是他有女朋友在香港，我們可以想辦法接她來呀！

藍：我想不是這麽簡單——妳發現他的眼光嗎？每當看我們的時候，總是那麽不自然——

東：當然囉！他離我們這麽多年，而且是一個大男孩子忽然生活在兩個女人中間，一定會一切都感到拘束！

藍：我想還不是這個原因——他好像有些怕我似的，這種感覺使我不敢過份的接近他，我害怕，過份的愛惜會把他嚇跑了……

東：媽！那是你總覺得給他的太少了的緣故，如果你像其他的母親愛兒子一樣的愛他，而沒有「失而復得」的心情，也許一切會變得自然……

藍：唉！我也不知道是怎麽囘事，從前日夜盼着他能囘來，現在他囘來了，可是我又覺得囘來的，好像不是我的兒子似的……

東：他和我倒是很合得來的！……

徐：（遠）美東……媽……

藍：不要說了，快把這些收起來，不要問妳哥哥這件事……

東：我知道——哥哥，我和媽在你房裡——

徐：啊！媽！美東，你們在這兒——

藍：美東——和我替你整理房間——

徐：謝謝，媽——和妹妹。

東：媽，你發現哥哥會說客氣話了，從前剛回來的時候人家替他做什麼事，都好像應該的似的！

徐：從前是從前，現在不是從前了，是不？妹妹：

藍：過去的不提了吧？除了痛苦就像是惡夢——啊，顯東，是不是又到你難友家去吃飯了，今天等你好久才吃午飯——

徐：眞——對不起，這個劉伯伯很好，在香港他給我很多照顧。

藍：下次也請劉伯伯來我們家坐坐，你現在有家了，不比在香港。

徐：哎，下次我告訴他……呵！……我……我……

藍：有什麽事告訴媽嗎？

徐：有——我今天去救總，他們告訴我可以分發到一個大學裡去……

東：好呀！再過幾個月，你又可以重過學生生活了！

徐：我——可是我已經接受了他們給我介紹的一份工作——

藍：顯東，媽希望你繼續學業，我希望你和美東，都能讀完大學，才了我一件心事，在如今的社會裡，你沒有相當資格，在社會上就難以立足——

徐：媽，你聽我說，我想去工作，並不是完全放棄學業，我不是不知道大陸上的教育不適宜於這個社會，我只是想先做一年事，公餘的時候可以自修，晚上還可以補習英文，有了相當的程度再進大學，不是更容易對付嗎？

藍：好是好，你爲什麼不考慮，將一年的時間，專心在家自修，或者去補習呢？

徐：不，媽，你已經夠累了，現在還要增加我的一份支出，這付重擔讓妳挑着，我不能讓你那麼做……

藍：媽已經很習慣了，如果你不回來呢？我還不是得挑下去……

徐：現在我回來了，情形就不同了，我是你的兒子，我就應該對這個家負責任……我有了工作，媽就請一個人來燒飯洗衣裳，看見媽一下班就往廚房跑，妹妹也要幫這個做那個的，我心裡實在不安。

東：哥哥要去做事，我也去兼一份家教試試，許多大學生都是半工半讀的。

藍：好了，你們都去做事，我這個老太婆就可以享清福了，是不是？顯東，我尊重你的決定，不過你還是再考慮考慮，不要顧慮我，你母親還沒有老到不能工作呵……

徐：不是這樣，媽！我離開妳這麼多年，給我一個機會，讓我盡一點做兒子的孝心吧？媽答應我吧！妹妹，幫我說服媽好嗎？

東：你要做成孝子，我就不能做孝女了，這麼多年，你不在這兒，還不是我和媽相依爲命的，我也沒給媽添很多麻煩——

徐：妹妹，別多心啊！讓我們倆共同來減輕媽媽的負擔不更好嗎？美東，妳不是我又乖，又漂亮，又喜歡哥哥的好妹妹嗎？嗯？

東：媽是我們倆的，當然得我倆來孝順，不能讓你一個人專利！

徐：（笑）哈！媽！你看妹妹生氣的時候最美，美東！笑啊！我最喜歡你的小酒渦，如果妳不是——啊，媽！妳怎麼啦？

藍：沒什麼——我是太高興啦！顯東！美東！你們都是我的乖兒女，有了你們，我還求什麼呢？（喜極而泣）

東徐：媽！

——音樂——

伍：藍太太——哎？怎麼今天家裡這麼靜啊？

藍：伍太太！來坐，兩個孩子出去旅行了，你忙什麼呀？近來很少來我們家聊天啦？

伍：你跟你兒子，話都說不完，還有和我們說話的份兒啊？

藍：說眞的，一和他談起來就談個沒完，好像要把這十幾年的話都說完似的，東家長西家短的，又好像沒一句正經話！

伍：你兒子囘來一年多，也應該說的差不多了，藍太太，你這一年多，可改變多了，我們的左鄰右舍的，都說你變年青了！

藍：是麼？我自己倒不覺得，大概是心情放鬆的緣故吧！不過自從顯東囘來以後，他倒眞替我做了不少事，不管怎麼說家裡有個男人，總是省心一些，有些粗重的活兒，他都替我做了。

伍：聽說他好用功啊！我家大女兒每次囘來都對我說，你們顯東在學校裡，許多教授都喜歡他——好多女學生，都喜歡和他做朋友——

藍：你家老大金蘭也很好啊！每年都得獎學金——

伍：我們家孩子多他爸爸賺的又少，每年他拿獎學金多少貼補點……顯東半工半讀，他賺的錢都交給你吧？

藍：除了他留點零用，幾乎是全都給我，有時候給他妹妹買點東西，他什麼錢都不亂花！

伍：眞是個好兒子，他們倆到那兒旅行去了？

藍：有個報社組織一個環島旅行團，花費很少，我讓他們參加了，顯東回來以後，還沒有環島去旅行過呢！算日子今天可以回來，我正預備做餃子等他們回來呢！唉！他們才離開了幾天，我却覺得他們離開幾年似的那麼長，總像缺少了什麼似的——

伍：你不像我，我倒希望他們能都出去旅行個多少天，讓我好好睡覺，清靜清靜——

（電鈴）

藍：啊！一定是他們倆回來了！伍太太，你坐，我去開門。

伍：我也要回去了——

藍：你們回來啦？玩的好嗎？伍媽媽在咱們家，我正想你們該回來了，餃子餡都弄好了，就等你們回來包餃子呢！

東：媽！我很累，我想先睡一覺——伍媽媽！

伍：美東！和哥哥玩的好吧？

徐：媽！等一會兒再說吧！我也不想吃！伍媽媽，您坐！我回房去了！

（稍停）

藍：這兩個孩子是怎麼回事兒？好像不高興似的？

伍：是不是他們吵架了？

（音樂）

東：吵架？我但願他和我吵架，他為什麼要這樣對我！為什麼？難道說，他在匪區受的教育，就是讓他沒有手足之情嗎？男女關係就這樣亂嗎？多麼可怕！這次的旅行眞彆扭！他竟對我說，希望我們是對情侶，他竟想吻我……

（音樂）

徐：我不是人嗎？為什麼我不應該呢？唉！我犯了罪嗎？美東說我是個好演員，可是我不能再演下去了，怎麼辦？我不能傷媽媽的心！顯東，你說我不能愛她嗎？唉！我是誰？如果我說出我是誰，會不會破壞了這個美滿的家呢？

（音樂）

藍：這兩個孩子在耍什麼脾氣呢？美東在躲避顯東，顯東近來又這麼憂鬱，他一向不喝酒的，為什麼最近總是酒氣薰薰的？唉！我應該瞭解，美東是個大女孩了，他和男孩子在一塊會害羞，可是顯東是他哥哥呀！

（音樂）

徐：美東，你別走！妳總躲我做什麼？你要說我，你要罵我，我都聽着！妳就是別這樣不理我！

東：你別攔着我好不？

徐：美東！我求你，別對我這麼冷酷，我求你原諒不可以嗎？要是我做錯了的話——

東：你以爲你對嗎？我眞想不到，我自己的哥哥會對我那樣——

徐：如果你不叫我哥哥就好了，如果我不是你哥哥，你會——

東：你還好意思再說一遍，如果你不是我的哥哥，那一天晚上我就應該打你兩個耳光！

徐：唉！那一天晚上過去的太快了，我在匪區從來沒有享受過那麼自由溫馨詩意的夜晚——

東：本來我們那次的旋行是滿愉快的，都是你破壞的，什麼情侶，什麼愛人——

徐：美東，我再問你一句，如果我不是你哥哥，你會愛我嗎？

東：你胡說，匪區的教育把你教育得不懂人倫關係了，你放我走，我不和你說話！

徐：美東，我要和你說話，美東，我要告訴你這一年多來，我多麼愛你，我爲自己驕傲我能有你這麼一個好妹妹，我相信，我有權利——

東：媽！媽！你快來看哥哥，他欺侮我——

徐：美東，我不放你走，我要你答應我說你愛我！

藍：顯東放手，你抱着你妹妹做什麽（打耳光）你這個畜生，你知道你在做什麽？

東：（哭）啊媽！

徐：啊！我但願不是你的兒子啊！（哭）

藍：你這個畜生，你忘了他是你妹妹，自從你們旅行囘來，我就覺得不對勁兒，你妹妹告訴我，我很懷疑，現在，我親眼看到你，唉！你眞不像我的兒子！

徐：媽！我不是你的兒子！我不是你的兒子！

藍：你又喝了酒，說什麽胡話，最近這些日子，你喝酒，你常常不在家，我都沒有說你，我希望你自己能悔悟！你怎麽會忽然變得這麽沒有人性，難道說，共匪把你的腦子，把你的心都吃了嗎？

徐：我要告訴你，我眞的不是你的兒子——

藍：你不是我的兒子！你是騙子嗎？顯東！你做錯了事，還可以改，向你妹妹道歉，我們一切從頭再來！——

徐：我是個騙子，我眞的是個騙子！我騙了你們的情感！

東：哥哥！我可以原諒你！請你不要說這些話，不要傷媽媽的心！

藍：他喝多了，在說醉話！

徐：不是醉話，不是醉話！讓我說出來吧！這一年多以來，每次它到嘴邊上，我都不敢說出來！我怕失掉你們！

藍：顯東！你說什麼？

徐：媽——原諒我，饒恕我，也許在我說明了以後，你不再允許我叫你媽！——美東！你也會拒絕我叫你妹妹！可是我一定要說出來！——

藍：你說什麼？

徐：我說我不是你的兒子！

藍：胡說！你不是我的兒子，你是誰？

徐：我是——徐子偉！我是顯東的同學，也是他最好的朋友。

藍：啊！那麼？——我的顯東呢？

徐：顯東？死了！

藍：什麼？你說什麼？啊！

東：媽！媽！

徐：當我從家鄉逃到廣州的時候！我又碰見顯東……

（音樂）

顯：徐子偉！

徐：藍顯東！

鄭：怎麼？你們原先認識！

顯：鄭老伯，我和鄭子偉是同學，我們下鄉勞動的時候，也是編在一個隊裡的！

徐：鄭老伯，眞想不到，我到你家裡來住倒碰見老同學——

鄭：這樣也好，你們倆也可以做伴了！

顯：徐子偉，我眞想不到你也會到廣州來，當時我走的時候，我不敢告訴你……

徐：後來我們發現你失縱了，誰也沒有說什麼，反正大家知道怎麼回事，「心照不宣」，當時，我自己也在想辦法向外走……

顯：在家裡的時候，我外婆說過，在廣州住着鄭老伯，所以我就投奔他來了。

鄭：我和你們家是姑表親，我到廣州來是你外公剛剛被清算的時候，所以你外婆記得最清楚，因爲你爸爸是空軍，你們家被列爲「國特份子」誰也不敢和你們家來往，徐子偉的家裡和我們家是世交，當你的父母死了以後，負擔照顧徐子偉的責任，我是義不容辭的，所以我接他到廣州來，眞沒想到，你們原是好同學，那以後住在一起，會方便些，早我還躭心，你們倆要是合不來，那才麻煩呢！

徐：那怎麼會呢？我和藍顯東，你都可以信任的！

顯：鄭老伯，您儘管放心，我們絕不會給您找麻煩！

鄭：在共產黨的社會裡，誰敢信任誰呢？不過，對你們這兩個孩子，我總還放心些，你們總不會害我……好在我開的這個小工廠，還算是個生產機構，多你們兩個年靑工人，還不顯眼，不然讓他們幹部查出你們的「成份」我就慘了！

顯：鄭老伯，我只要得到我媽的消息，我就想辦法到香港去。

徐：你媽媽在香港嗎？聽你說，她跟你爸爸到香港去了嗎？

顯：是的，那是我外婆告訴我的，她說在戰爭的時候，我媽和爸爸去後方，帶兩個孩子不方便，外婆留下我，媽就把妹妹帶走了。

鄭：後來你爸爸寄信回來，想把你和外婆接出去，可是戰事緊急，交通斷絕，接着他們共產黨叛亂，想走也走不了啦！

徐：當時你媽不自私的話，就不會留下你受罪啦！

顯：我一點都不恨我媽，我想那是當時不得已才這樣做的，天下的父母，誰願意隨便捨棄自己的兒女？

鄭：我天天注意香港的報紙，說不定那一天會發現你媽媽找你的尋人廣告呢？

徐：要是眞有這麽一天，我要和你一起去台灣，你不反對吧？

顯：我求之不得呢？你比我大一歲，我們可以冒充兄弟，從前我們在一起上學的時候，人家不都說我們兩長的很像嗎？

鄭：好呵！你們這兩個小傢伙，剛剛在我這兒見面，又商量要逃走？你們眞要我這個鐵工廠被關門淸算？

徐：鄭老伯，我們一定不給你找麻煩………

——音樂

徐：話雖然是這麽說：可是當我和顯東看到你在香港報上的尋人啓事以後，我們只有不顧鄭老伯的安危，偸偸的離開了廣州，坐火車到了深圳………

（河水潺潺霧夜沉沉）

（低聲氣音）

徐：顯東，輕一點划，不要把水弄出聲音來——

顯：（費力的游水）呵………我知道………離對岸還有多遠？

徐：不遠了！對面就是自由地區了，你望得見香港的燈火嗎？
顯：呵！好多呀！自由地區大概不限制用電吧！
徐：快，潛到水裡去，探照燈又過來了……
（嘩嘩的一陣水響，然後是靜悄悄的，好像探照燈從這一方慢慢移向另一方）
顯：（從水裡冒出來的呼吸短促）啊！快悶死我了！子偉，徐子偉？你在那裡？
徐：（較遠）顯東，我在這裡（游近）糟糕，他們好像發現我們這邊的情況了，探照燈總是圍着我們轉！
顯：子偉，我好冷啊！我有點支持不住了！
徐：鼓起勇氣，伯母和你妹妹，不是在台灣等你嗎？
顯：糟糕，我的腳在抽筋！
徐：快快！快打水，急着打水就可以緩過來了……
（河水波動聲很大）
徐：顯東！節省一點，再游幾碼，我們就自由了，你覺得河水越來越淺了嗎？
顯：我覺得了，我們就要自由了！我好高興！
（忽然機槍聲）

徐：顯東，快躲探照燈，躺在水上不要動……………探照燈過去就快划向岸邊………

顯：子偉！探照燈！

（接着幾聲零星槍聲）

徐：碰着沙地了！顯東，站起來，快跑，我們到了自由地區了！

顯：我們自由了！哎…………喲！

徐：顯東，你怎麽啦？

顯！我好像中槍了！

徐：我扶你上來！

（一陣槍聲，然後沉寂）

顯東：哎——喲！

徐：顯東，顯東，我們到了………

顯：子——偉！我的胸口好痛！好痛！我恐怕見不着我媽媽了！

徐：別哭！顯東，我們已經到了香港地界，我背你去找醫生。

顯：（無力的）不！你走吧！我不連累你…………啊！這個你帶着………

徐：伯母的尋人廣告？你………

顯：這上面有地址——到了香港寄信……然後去台灣找她老人家……

徐：我？

顯：媽——太想我——這麼多年了，她盼我能逃出匪區，我不能讓她失望……子偉……你代替我去吧！代替我去吧……

徐：顯東，我找醫生把你治好，我們一起去台灣……

顯：答——應我！子偉，到台灣去找她，承認她是你的母親……

徐：顯東……

顯：答應——我！你不是也需要母親嗎？讓她相信她的兒子終於回來了……答應我……吧！答……應……吧……

徐：我答應！可是……顯東……（大聲）顯東……你……

藍：顯東！（哭）呵！我的兒子！顯東！

東：呵！（哭）哥哥！哥哥！

徐：伯母，這都是事實，我沒有騙您，您能饒恕我嗎？

藍：沒想到，做夢都沒想到呵！顯東！我的兒子，你死的好慘呵！都是我害了他！

東：呵！哥哥！

徐：伯母，你別太難過了，顯東不會希望你這樣的，他是一個好兒子，他是一個好哥哥……希望我眞有資格能頂替他……伯母，現在，你還能允許我依照顯東臨終時候的囑咐，讓我喊你「媽媽」吧？

——音樂

藍：我思索，又思索，終於答應他，永遠可以叫我「媽媽」！一個母親的胸懷不能那麽狹窄的啊！他不是像顯東一樣的是個孝子嗎？子偉活在我的身邊，顯東活在我的心裡，我有兩個兒子。

歸　來

導演：崔小萍
配音：李　林
報幕：歐陽天

藍太太：白茜如
藍美東：劉　明
徐子偉：尹傳興
藍顯東：岱　明
伍太太：劉引商

第二夢

第二夢

人物

紀雲——女作家
吳培遠——其夫
代　代——其夫
傅國樑——其友
陶露絲——國樑妻
徐媽——
——聲音效果。
——茶杯等物砰然落地聲
——嬰兒被驚醒啼哭。

女：好了，算是我錯了，不要再發脾氣了好嗎？（哄孩子）別怕，代代，代代乖，爸爸喝了酒……

男：我喝了酒，怎麼樣？我不能喝嗎？

女：誰又敢說你不能喝酒呢？那是你的嗜好，誰能管得了你？

男：你不管我嗎？你整天看着我，煩透了！

女：你後悔嗎？不是爲了孩子，我不會忍受你這種態度：

男：嗯！不能忍受就算………我怎麼會遇上你呢？

女：現在離開，還不算晚。

男：離開？你這個不要臉的女人！你想離開我，你敢！

女：代代是我的………

男：代代是我的！看你敢帶走！

女：你發瘋了，放開我，你這個神經病！

——孩子又哭——

男：神經病？哈哈，代代？我的女兒！你說爸爸是神經病嗎？

女：不要抱孩子！你這個酒鬼！

男：酒鬼？我就是酒鬼，哈哈，我要喝呵，今朝有酒今酒醉，喝他個爛醉，人爲什麼活着呵！爲什麽？爲什麽？

——音樂

代：媽，我回來了，媽，你在那兒？呵！爸爸！媽呢？

遠：呵？你媽媽不在家嗎？

代：你瞧你，媽在不在家，你都不知道：

遠：我們平常沒有來往，我怎麽知道她上那兒啦？

代：爸爸，你又喝酒了，媽媽不喜歡你喝酒，你就不能遷就媽一點，不喝不成嗎？

遠：這……我的嗜好，生就了喜歡喝酒，沒辦法改變和的，代代，你記住，你媽是你媽，我是我，是誰也改變不了誰的！

代：爸爸，我眞奇怪，你們旣然這麽水火不容，那你們怎麽會結婚的呢？

遠：那是一種錯誤！

代：那又怎麽會生我的呢？

遠：那也是不應該的！

代：，我眞不明白，夫妻怎麽會有仇恨！你好像很恨媽！

遠：代代，你還小，不明白的事太多，等你長大了慢慢的就會明白許多事情，也會明白你媽和我。

代：爸，我明白你事業不得意，你很消極，媽比你活動，你有些嫉妒媽。

遠：胡說，我嫉妒她？哼！憑她寫那麼一點小文章，我會嫉妒她？

代：你這樣不尊敬媽，就是你的不對了！爸爸！有些時候你不覺你不講道理嗎？

遠：代代，你是我的女兒，你說這種話，不太傷我的心嗎？

代：我是很公平的，因為你的固執，我常常發現媽，把自己鎖在屋裡偷偷的哭。

遠：他哭什麼？他得意的不得了呢？我的一生都叫他毀了，她看不起我，我沒錢，沒地位，我沒有她有辦法，我做個小公務員，那有她神氣？

代：爸爸，我覺得這都是你的自卑感作祟，媽從來沒因為她能出版書而驕傲，她總對我說，希望你能瞭解她的心靈的生活……

遠：心靈？說得好聽，顧得了心靈，就顧不了肉體！更顧不了現實了！

代：你的現實是什麼？就是喝酒嗎？喝完了酒發酒瘋嗎？

遠：代代，別用那種神氣和我說話，我不喜歡你像你媽一樣！

代：可是你從前是喜歡媽這樣的！

遠：從前？很遠了！但願我沒有從前！

（大門響）

雲：（遠）代代！回來了嗎？裡邊坐，你們還是第一次來我家呢？

代：媽！我回來了，媽，有客人來：

雲：（愉快的），來，露絲，國樑，我來爲你們介紹，這是我的女兒代代！

孫：代代，這名字很漂亮，那兩個字！

雲：就是時代的代，一代一代的代

樑：代代，年青的一代，接替我們這一代，你是不是要接替我們苦難的這一代呵！

雲：代代！這是傅伯伯傅媽媽！

代：傅伯伯好，傅媽媽好！

雲：來吧！隨便坐，拿我這個小客廳招待兩位貴客，眞是蓬蓽生輝呵！

絲：我們能認識你這位大作家，是我們的榮幸呢？

樑：紀雲是我的初中同學，記得拖着兩根小辮，想不到在這兒碰到，你已經變成大作家了！

雲：別說「作家」了，如果練習寫兩篇東西就成爲作家，別叫人家眞正的作家笑掉了大牙！

代：（低低的）爸爸………客人來了，你不打招呼嗎？

雲：噢！這是外子吳培遠，這是傅太太！這是傅先生。

樑：吳先生您好！

遠：哼：（腳步、關門聲）

代：爸爸！爸爸！你………

雲：代代，不要叫他了！眞對不起，外子大槪有點不舒服！

孫：沒關係，恐怕我們這不速之客打擾他了！

雲：那裡！他不會說客氣話，希望你們倆別見怪！

樑：紀雲，你先生常常都是這樣嗎？

雲：沒有，只是你倆………

（忽然茶杯摔碎聲）

遠：代代！（大聲）問你媽，今天還吃不吃飯呵！

代：爸爸：你這是做什麼嗎？（哭聲）你沒瞧見有客人來嗎？

（稍停）

樑：紀雲，下次再來看你，我們走了？

雲：（冷靜地）國樑，露絲，眞對不起……

絲：別難過，沒有關係，再見。

雲：再見，我不送你們……

代：呵！（哭）媽，我眞替你難過。

雲：別哭，代代，媽媽已經不會哭了，你爸爸這樣待我的朋友不是已經很習慣了嗎？

（音樂）

絲：國樑！我眞替紀雲抱曲！她怎麼能忍受得了？

樑：在我沒看到她之前，如果有人告訴我，她們夫妻生活是這樣的，我是絕對不相信的！

絲：你們從前是同學嗎？

樑：我們不只是同學，我們是……

絲：是什麼？

樑：是朋友，普通的朋友！就是這樣，露絲，就是這樣……

絲：呵！從那天回家以後，我看你心情就不好，我怕是因爲紀雲的事影響了你……

樑：唉！老朋友嗎？總會是……多少受些影響的！不談人家的事吧！今天吃什麼菜？

絲：沒什麼新鮮菜，我又不會做！還不是燒牛肉，魚……

樑：換些樣吧！整天吃這些，眞膩煩！

絲：哎呀！現在我們才結婚一年你就膩了，以後怎麼辦呢？

樑：我只是說吃菜，你別亂想……露絲，你在家反正沒事，爲什麼不把人家的食譜拿來研究研究呢？紀雲的「第二夢」你不是迷得不得了嗎？她上面不是寫了些有關吃的藝術嗎？你何不照着學學？

絲：那有什麼稀奇？還不是照人家的食譜抄的，假使她眞會那麼做菜，相信她的丈夫，也不會那麼壞脾氣啦？

樑：喲？這倒是新理論！你說說看！

絲：人家說，如果一個女人能把男人的胃塡得美滿結實，男人在家裡就會變得溫馴如羊啦！所以紀雲在她的「第二夢」裡，完全嚮往這種溫馴的愛情，把她的丈夫描寫得那麼可愛，把她自己描寫得那麼幸福，使讀者們也都跟着她想得到這樣的一種家庭情愛，可是……

樑：可是在現實裡，她却是痛苦的！她把快樂給了讀她書的人，眞是，女人寫東西的範圍眞小，除了家，就是男女愛情，除了女人世界，就寫不出其他的世界了！

絲：你還說呢？這就是男女不平等的地方，那兒像你們男人，天賦的自由，海闊天空，愛去那兒，就去那兒，愛怎麼生活，就怎麼生活，不管是如何花天酒地，也是你們的權利，全世界都是你們的，當然取材的範圍就廣了！要是女作家的生活，也像你們一樣，看吧！那不要被罵個狗血噴頭、頭尾不是人才怪呢？

櫟：露絲，眞想不到你還會有這樣的宏論！

絲：國櫟！你笑我嗎？自從結婚以後，我忽然覺得自己長大了不少，好像什麼都懂了似的？

櫟：你是個小說迷，小說裡的故事，你都當成眞的了！

絲：眞的！如果我不親自看見紀雲的家，我眞羨慕她是那麼個幸福的女人！活在美妙的愛情裡，她描寫的愛情生活是多彩多姿的，使得每個女孩子入迷，覺得她像是雲霧裡的仙子，高不可攀的……

櫟：於是把現實生活裡的苦悶，昇華成爲美麗的詩篇，小說……

絲：哈！想不到我們的工程師有這麼深沉的感慨呢？國櫟！我看得出來，你對紀雲很關心呢？我嫉妒！

櫟：小露絲！別嫉妒！那已經是個古老的故事了，已經褪了色的，還提它幹嗎？快擺飯吧！下午我還有事！

絲：你最近好像很忙？有新工程嗎？

檁：哎……還在計劃……

絲：選個合適的時間，我們再去看看紀雲好嗎？我第一眼看見她，就覺得喜歡她，我也很同情她！像她那個家，我是一天都不能忍受的。

檁：好！只要你高興，就再去看她！

絲：代代也可憐！怎麽能生活在這樣的父母之間？

檁：唉！代……代！已經失掉了的，就不要希望再找回來，代代！用代代的愛怎麽能代替得了呢？

絲：你說什麽？

檁：你沒覺得，紀雲是用代代的愛，來補償她已經失去的一切嗎？

絲：我眞想知道紀雲過去的生活是什麽樣的？她的愛情體驗很多呢？

檁：也許她有一段不能被人知道的隱痛，深深的纏着她，促使她不斷的寫，寫才能安定她自己！

絲：也許就像喬治桑一樣，每尋到一個新的愛，和失去愛的時候，都會使她產生一部偉大的著作，難道說，作家，詩人，必須在愛情裡打滾的，才能產生靈感嗎？

樑：可是，我却以爲紀雲的愛情經驗並不多……也許只有兩次……

絲：那另外一次一定是和你了？是不是？

樑：別開玩笑！吃飯！吃飯啊，小露絲！你眞要把你的丈夫餓垮了嗎？

絲：哼！國樑！你別打岔！你這點鬼聰明，還瞞不過我！

樑：什麼！你說什麼……

絲：等到那一天，我要好好的叫你說說你們那個古老的故事給我聽！

樑：你胡說什麼？快吃飯好不好？

絲：火兒什麼呀！我的工程師，我現在才記起來，那天我們在街上碰到紀雲，你那麼激動……

樑：露絲！再開玩笑，我要走了！

絲：認什麼眞呀！工程師！我這就去端牛肉！請少等！

（稍停）

樑：唉！眞是！眞是一個褪了色的老故事了！眞是上帝開玩笑，在這兒又碰見，眞是……何苦呢？

——音樂

划拳行令鬧酒聲

遠：哈哈！喝！再喝呀！你們難得到我家來！別拘束！沒好菜，將就點吃！徐媽！再炒個蛋來！

聲：夠多了！別加了！

遠：別客氣，你們到我家來，要有賓至如歸的感覺，我吳某人，雖然說沒什麼才能，可是待朋友，却總是酒逢知己千杯少呵！

聲：我們總是吃你，眞不好意思！

遠：喝！那算什麽，如果想當年，在我們家裡，我都得請你們住在我家裡吃呢？你們沒去過我家？那房子可大啦！是幾進的宅子，前院，後院，左廂房，右廂房，我們一家人住都住不完………現在完了！你們看看，我們這種小房子，那兒像人住的？

聲：這比我們的房子大多了！

聲：嫂夫人能幹，她出一本小說，就賺多少萬吧？她的小說最暢銷了！

遠：賺多少萬，各位朋友別誤會！我和內人的經濟是獨立的！互不干涉，生活費是各出一半，誰也不佔誰便宜。

聲：那麽嫂夫人的投資一定是非常可觀的！

遠：投資？那我做丈夫的臉上那兒放？是她來養活我嗎？笑話！我吳培遠是大丈夫，絕不吃軟飯！

聲：這怎麽叫軟飯？這叫家庭夫妻共同負責呀！

遠：她負責，她負什麽責？我是丈夫！我是一家之主！我的能耐不比她少呵！想當年，我在中央大學畢業的時候，是名列前茅呢？

隱隱傳來「夢幻曲」的樂聲。

遠：你們聽！這音樂多美！多好聽！這是我太太的音樂！當人家寫文章的時候，她就播放這支討厭的音樂，這叫靈感的前奏（大聲）代代！代代！告訴你媽！關上她那支了不起的音樂！

聲：培遠兄！你醉了！你醉了！

遠：我醉！我清醒的很！我永遠都清醒的很！老兄！你們不知道，我太太是個大作家！（冷笑）大作家呀！她眼裡沒有我，她只有她的夢幻曲！她整天都做夢！哈哈！做夢的女作家！可是她夢裡沒有我！你們知嗎？她夢裡沒有我這個丈夫！代代！告訴她！停止她那支討厭的音樂！

聲：培遠！你再這樣吵，我們可要走了！嫂夫人寫文章，我們太吵她了！

遠：（慌恐的）你們別走！你們別走，我不鬧了！我不能靜，我不敢靜下來，我受不了！你們不知道，你們不瞭解，當我一個人坐在這個房子裡的時候，我像被釘在棺材裡又復活的人！要出去，出不去！大聲喊，沒人聽得見，我拳打腳踢，只能聽見自己的聲音，我跳不出去！人家把我看做是活死人！我的房間，我的家，就是個大棺材，沒人管我呵！（哭）沒人理我呀！連我的女兒代代也不理我呀！

聲：培遠！他又醉了！

遠：你們看！我的女兒代代在那兒，就站在那兒，可是她不理我！她只是那麼殘忍的看着我！像她媽一樣！我的女兒什麼都好！就是那兩隻眼睛不好！像她媽！代代！閉上你的眼睛！

「夢幻曲」樂聲變大了。

遠：（大聲）我的好太太！慈悲一點吧！停止你的夢幻曲！停止！

聲：代代！來勸勸你爸爸！他喝的太多了！

遠：誰說我多了！一點也不多！酒瓶給我！給我！你們是我太太嗎？這樣管我？告訴你！我太太是個好太太，她為我吃了不少苦，可是我也不是個壞丈夫，我為了她，放棄了一切，我放棄了一切，所以到現在！我一事無成，倒像個吃軟飯的丈夫，你們懂嗎？你們要聽我們的戀愛史嗎？哈哈！我們偉大的戀愛史呀！

代：（哭聲）爸爸！我要求你安靜下來好嗎？我求你！

遠：女兒！代代！你知道爸爸不是廢物吧？我不是廢物！可是別人的眼裡，却只有我太太！當別人介紹我的時候，總是說：這是「紀雲的丈夫」而不說吳培遠的太太是紀雲，我在社會上人家瞧不起我，我在這個家裡沒地位！你們說男人是不是一家之主？

代：爸爸！不要再吵了！你吵鬧的已經夠了！

遠：（夢醒似的）夠了？夠了嗎？女兒？好好！我的女兒說夠了！我要聽我女兒的話！我現在唯一的寶貝，就是我女兒了！你們瞪着眼做什麼？看我演戲？別看，每一個家庭，都有他們自己演不完的戲，你沒有嗎？你家沒有嗎？哈哈！代代！別那樣看我吧？連你也討厭我嗎？

代：不！如果你愛代代就別這樣鬧了，你知道代代的心裡有多難過？我不願意有一個每天酒醉的爸爸呀！（哭）

聲：好了！吳老兄，休息吧！我們該散了！代代，眞對不起，走吧！

（幾個人散去遠處大門開啓聲）

遠：各位再見！再見呵，代代！你可憐爸爸嗎？你也認爲爸爸是個不爭氣的男人嗎？

代：不！爸爸！我沒有！我只覺得你這樣自暴自棄是不對的！

遠：代代！你不知道爸爸內心有多苦呵！我不能忍受你媽對我精神上的虐待！當然我也不能怪她，她對我失望了！全盤失望！我不是她心目中的男人，可是她在當時，竟然拋下另外一個男人跟我私奔了！私奔！你懂嗎？

代：爸爸！過去的事不要說了！有什麼用呢？

遠：我要向你媽抱歉呵！我毀了她一生幸福呵！代代，去代我向你媽說，我對不起她！萬分萬分對不起她！

（夢幻曲聲又傳來）

遠：又是她的夢幻曲！代代！她放這隻曲子諷刺我！她嘲笑我！停止！你再不停止，我要打碎電唱機！

（樂聲沒有了，代代低低的哭聲）

遠：代代！代代，爸爸對不起你！我沒給你一個溫暖的家！（低低的）代代！別生爸爸的氣！代代！你哭的爸爸心亂呀！

代：爸爸！你這是爲什麽呀！

遠：爲什麽？（茫然的）爲什麽？

（音樂）

（代代低低的哭泣聲）

雲：代代，乖孩子，別哭了！假使你愛媽，就不要使媽心痛，好嗎？

代：媽！爲什麽你就不和爸再和好了呢？

雲：這已經是注定了的命運，不能挽回了！

代：爲了我，也不可能嗎？

雲：代代，你是我們之間的唯一橋樑，也是最受罪的一個，不是爲了你，也許我們兩個人，早就解開了這個「死結。」

代：那麽，讓我離開你們，也許，那樣，會使你們再重歸於好！

雲：千萬不能那麽做！代代！不能有這種念頭！如果你願意媽不離開這個世界，就決不能有這種念頭！

代：可是……像你們夫妻倆……在一個房簷底下，却生活得像兩個陌生人！你們叫我怎麽快活得起來？

雲：就爲這一點我感到深深的對不起你，我一個人不能給你一個溫暖的家，所以我想，由我自己努力，起碼讓你有一個値得驕傲的媽！

代：可是，我也需要一個出人頭地的爸爸！

雲：代代，你今天不找同學去玩嗎？

代：媽！你讓我和你談談爸爸好嗎？不要藉故支走我好嗎？每次我和你談爸爸，你就藉岔兒讓我走開，爲什麼呢？難道說，提到爸爸這兩字，都會叫你討厭嗎？

雲：現在，連討厭都沒有了！我對他的一切，實在比對一個陌生人還要陌生，你讓我談什麼？

代：我不信，就是你自認爲太認識爸爸，而不願提他，媽！我眞不懂難道你們結婚，不是由於愛而是爲了仇恨才結婚嗎？

雲：傻孩子，這種問題，要等你再大一點，當你也開始戀愛的時候，你才能漸漸瞭解，現在給你說也沒用。

代：我不戀愛，也永不結婚！

雲：爲什麼？

代：像你和爸爸這種生活，我一天也不能忍受，我害怕，我對每一個男人都不信任……

雲：孩子，那是你還沒眞的愛他，一旦愛上他，你會信任他的一切，卽使是他的缺點，你也看不見了！

代：人家說，愛情是盲目的，對嗎？

雲：不是眞正的盲目，只是自己騙自己，因爲誰也不願犧牲眼前的幸福，而情願去受苦。

代：媽！你也是嗎？

雲：嗯！

代：那麼你和爸爸也是爲了愛才結婚的，不是因爲仇恨了？

雲：是的，男女的結合在開始的時候，是爲了愛，漸漸的瞭解，變成了恨，最後的分開，不是爲了愛，也不恨。

代：那是爲什麼？

雲：爲了一個觀念。

代：觀念？

雲：男人覺得女人醜惡，女人痛恨男人的自私

代：可是男人是保護女人的呀！

雲：你錯了！女人天生來是保護男人的！

代：女人保護男人？怎麼可能？女人是柔弱的！

雲：在外表上看起來，女人像是一棵柔弱的小草，需要男人的保護，可是內在的堅毅力是不可比擬的！男人們，從她這兒取到了所有的，可是還給女性們的報酬，却是男性的狂妄，自私，自大，自信，他們奪取了女性的全部，給她們的却是生命最少的那一部份！能不使女人傷心嗎？

代：男女既是這樣仇恨，爲什麼還要戀愛呢？有的還爲了愛情自殺。

雲：在人生的戰場上，男女的戰場就佔了二分之一的地方，他們是仇敵，也是伙伴，他們互相追逐，尋找，誰少了誰活不了，最後是誰也不願再見誰！

代：媽，我相信，這只是妳的觀念，因爲妳和爸爸不和好，我不相信每一對夫妻都是這樣的，你看胡爺爺和胡奶奶，那麼白髮蒼蒼了，爲什麼還那麼恩愛呢？

雲：那是打勝仗的一對呀，！男女都打了敗仗時，就變成像我和你爸爸這種生活了！

代：你們在最初發現不和睦時，爲什麼不趕快補救呢？

雲：你怎麼知道沒補救呢？用女性的容忍寬大的胸懷去補救，結果是使得男性自卑，自暴自棄，而到不可救藥！

代：媽！允許我大胆的問一句，難道說，你自己一點錯都沒有嗎？

雲：我錯？是的，我不否認我有錯——那是我不該愛他！更不該……

代：更不該什麼？

雲：……

代：更不該什麼？媽！告訴我！

雲：女兒！媽該寫文章了！你去玩吧！看看徐媽午飯做好沒有？

代：……

雲：怎麽不動？去呀！

代：媽……你……很酷冷！

（砰的一聲關上門）

雲：代代！哼？我冷酷？唉！誰也不瞭解我！

——音樂

絲：國樑，你又回來這麽晚！

樑：我忙呵，公司裡最近工程多。

絲：你剛從公司裡來嗎？

樑：是呵！

絲：靠不住吧？

樑：怎麼啦，露絲！

絲：你再說一遍，你是剛離開公司的！

樑：我——

絲：最近，你下午的時間，是常常不在公司裡，你到那裡去啦？

樑：我！誰說的？

絲：我說的。

樑：露絲，我希望你不要無理取鬧好嗎？

絲：我無理取鬧，我感覺到自己太傻，太不值得了。

樑：你想些什麼呢？最近你常常是對我這種態度，這是從前沒有過的。

絲：你爲什麼不先檢討一下自己呢？最近你常常對我什麼態度？

樑：我沒感覺到對你有什麼改變！

絲：改了，自從碰見紀雲那一天你就改了！

樑：我們的私事，不要扯上別人。

絲：就因爲我們生活裡有了別人，才使得我們的生活起了變化。

樑：露絲，如果你不講道理，我就不和你談下去了。

絲：今天我非問個清楚不可，我忍受不了你因爲她對我的冷淡，我受不了，你知道嗎？我忍受不了你每天那種神不守舍的樣子，我忍受不了你不回家來，却去看你的老情人，我告訴你，我忍受不了！（哭）

樑：露絲，不要神經過敏，不要讓些無謂的幻想，來破壞我們自己安靜的生活，知道嗎？紀雲只是我的老朋友，她不會影響我們的！

絲：我感覺得，她已經影響了你的情感，影響了我們的生活，過去，你總是想着我，記着我，偶爾你回家晚一次，好像對我很抱歉似的，可是，最近你沒有，有的時候，我問問你爲什麼回來晚了，你還向我發脾氣，好像有多不耐煩似的，我不是小孩子，我可以想得出爲什麼——

樑：露絲，那是因爲你現在懷了小孩子行動不方便，坐在家裡，無事可做，就會胡思亂想的——

絲：國樑，說實話吧，我不會寃枉你的，我只求你對我忠實，我不能在欺騙裡過日子！

樑：我什麼時候欺騙過你？

絲：現在你就欺騙我，不要把頭轉過去，你能看着我說，你沒做虧心事嗎？

樑：我——

絲：我求你，不要再瞞我什麽事，我愛你，我忍受不了呵！

樑：露絲！露絲，不要太激動，聽話好嗎？我沒有做什麽虧心事，我只是怕告訴了你，反會引起你許多無謂的想法。

絲：我知道，你最近不回家，也不在公司裡——

樑：你怎麽知道……我有些事情，是不一定守在公司裡辦的呀！

絲：每天下午，我都打一個電話去找你，只要問你在或不在，我就把電話掛上了，你公司裡沒有告訴你嗎？

樑：怪不得公司裡同事和我開玩笑說，有個神祕女郎，常打電話問我的行踪，我以為—

絲：你以為那是紀雲打給你的？是不？

樑：可是我問她，她總說沒電話給我——

絲：國樑，現在你不能否認和紀雲沒關係了吧？

樑：——

絲：國樑，為了我們的將來，我希望你能把你的心事，坦白的告訴我，我會用理智去處理的——

樑：露絲，你一定要問嗎？

絲：嗯！一定。

樑：一定要知道才甘心嗎？

絲：一定！

樑：過去了廿幾年的事，我眞不想再提它，可是，我再也不會想到會在這兒碰見！

絲：她是紀雲，是嗎？

樑：是的，她是紀雲！

絲：我也沒想到，這位有名的女作家，竟成了我的情敵！

樑：露絲，你不要怪她，都是我不好，我總覺得她現在不幸的婚姻是因爲我造成的，在我的心上，對她總好像擔負着一份歉疚，我總想能現在多讓她快樂些，我才能補償！

絲：你忘了你是有妻子的人嗎？你也忘了，她是有夫之婦嗎？

樑：沒有——

絲：所以你痛苦！

樑：嗯！

絲：你沒想到這會破壞兩個家庭嗎？

樑：紀雲的家，只是一個名義，他們夫婦已經有幾年不說話了。他們的女兒代代，是他兩個人中間的傳話器！

絲：眞的，夫婦在一起生活，能夠幾年不說話？

絲：從前他們倆爲了性格不合還爭執，爲了脾氣不投，還鬥氣，現在是什麽爭執也沒有了。現在話都沒有了，表面上，平靜的很，骨子裡却包着一團炸藥，時刻有爆炸的危險，幸虧有個代代，也許這是他們的不幸，否則，他們早離開了。

絲：這樣的家庭，代代會幸福嗎？

樑：也許是，也許不是，因爲他們倆都將愛和希望寄托在這個女兒身上——

絲：多麽不幸的被愛者，你自己呢？也是不幸的被愛者嗎？

樑：露絲，不要諷刺我，也許，我對紀雲的同情，有些虧待你，可是那只是我這一方面的負疚，紀雲一直警告我，她說不要爲了過去的錯誤，而使現在不幸——

樑：你們有些什麽過去呢？

樑：我們是青梅竹馬的玩伴，紀雲是我的未婚妻！

絲：啊，你的未婚妻！

樑：是的，我們從小被父母訂了婚，一直到我們倆都上了大學，才發現我們倆不適於做終身伴侶，可是在過去那個時代，誰敢向家裡表示意見，尤其是我，在我爸爸去世之後，我完全聽命於母親，我不願使母親傷心，紀雲向我提出來解除婚約，我不敢，就那麼一直拖到快舉行婚禮的時候——

絲：你們結過一次婚嗎？

樑：沒有，兩家都專心安排兒女的婚事，我們兩家的喜帖都寄發出去，紀雲家裡也準備了大批的嫁粧，可是——

絲：怎麼樣？

樑：紀雲却帶着大批的嫁粧，和另一個男人私奔了。

絲：呵，那個男人是誰？

樑：就是她現在的丈夫吳培遠！

絲：呵，當時你認識吳嗎？

樑：不認識，如果當時，我堅强一點，他就不會和吳戀愛了，當時，我很使她失望，我說我愛她，但是我無法表現，因爲，我的一切是由母親指揮我的……露絲，你要知道我和紀雲談些什麼嗎？

（音樂）

樑：紀雲，我很抱歉，造成你現在這種結果的，完全是因爲我，如果當時我有勇氣和我母親說解除婚約，你會有時間選擇你所愛的人，而不會逃婚了！

雲：這怎麼能怪你？我也對不起你，可是當時時間逼的那麼緊，使我沒辦法選擇第二條路，雖然我明知道，這會給我的父母留下多麼大的難題，使他們難以做人，可是誰不自私呢？我怎麼能不爲了我終生幸福而冒險呢？誰知道，一失足竟成千古恨呢？唉！

樑：這也不怪你，當時老人家們固執他們的意見，認爲他們爲兒女們訂的婚事就不會錯，全不顧兒女們的意見，紀雲，可是我們是從小在一起長大的，總有些不同——

雲：兒童時期的情感，並不能做以後男女婚姻生活的依據，因爲孩童時期雙方面的瞭解，發展到了成年時期會改變的。

樑：我忘不了你走了之後的印象，你不知伯父自殺過一次——

雲：我爸爸是個愛面子的人，又是個好强的人，我知道他受不了這種丟人現眼的刺激，想想看，女兒跟着人跑了，這還像話嗎？

樑：後來，你們家裡，有四五年和外界，和任何朋友斷絕來往，我去看他幾次，他都拒絕見我——最後一次，是他臨終的時候我見了他，他已經無法拒絕我了——

雲：唉，我尊敬我父親，可是他過於嚴厲，又不能不使我反抗他——你以爲我走了之後，我會安心嗎？一個女孩子忽然一下離開那個養育她的家，覺得一切都沒了依靠，所以一切都寄托在那個男朋友的身上，我現在才體驗得出來，當時能有勇氣跟他私奔，一方面是情勢所迫，一方面是迷亂的衝動，那不是愛情——

樑：可是，紀雲，你知道我有多痛苦，不是因爲當時有個寡母在堂，相信我今天也不能再和你說話了，你給我的打擊也不輕！

雲：其實，我們這次的巧遇，在我們的人生路程上，眞是多餘。

樑：你不感到高興嗎？

雲：高興？唉！徒然引起一些不幸的回憶而已——

樑：可是我對你一直沒忘過——

雲：不要再傻吧，你現在不是有一個很美滿的家嗎？露絲是一個很可愛的孩子……噢！你說過，你前房的兩個男孩子怎麼樣了？

樑：他們寄養在親戚家裡，露絲年青，孩子也不懂事，這樣分開住，在生活和情感方面都不會太多麻煩。

雲：你這個人，永遠那麼理智，事實上也是的，前房的孩子永遠不滿意繼母會比她自己的母親好，做繼母的人呢，因爲總有一個死了的女人梗在中間，疑心生暗鬼，生活就不容易調整得好了。

樑：紀雲：告訴我，你生活得好嗎？

雲：我？還算是不壞吧！每天寫寫，讀讀，和女兒聊聊……

樑：僅僅是這些嗎？

雲：還有什麼？

樑：你也別裝假，難道說你們夫妻……

雲：我們夫妻？那僅是過去的一個夢了，就像我寫的一部小說一樣，現在所存的，只是一些情感方面的記載了！

樑：代代告訴我，你們不說話有好幾年了？

雲：國樑，我希望，在我們談話的時候，不要提他好不好？

樑：我懷疑這是不可能的，

雲：你對我們的重逢不懷疑嗎？你不感覺到像做夢嗎？當我看見你以後，我又好像回到少女時代，又好像回到自己的故鄉，睜大了眼睛想想，那些都已經去了，可是不能否認的，我們現在這兒說話，你我都有了各人的家，而且，我們也都有了兒女，而且，我們都有白頭髮……這不是夢，這是事實啊！是不？國樑。

樑：但願我們能回到孩童時期，不再有這些煩惱！

雲：煩惱的是我們永遠不能再回到開始的時候了！也許在我們的孩子身上能找回一些過去的影子。

樑：紀雲，孩子總會離開我們的。

雲：有了他們，我們已經不白活了，我們沒得到的，由他們身上來償還不是一樣嗎？

樑：聽你的口氣，像是老僧入定似的，一切就這麼完了嗎？你不打算再追尋另外一種新生活嗎？

雲：我已經追尋到了——那就是我的寫作生活。

樑：沒有愛情的滋潤，是很難產生光彩奪人的作品的。

雲：你的意思是讓我再去追尋嗎？

樑：未嘗不可以。

雲：我跌倒過一次，現在已經爬起來，而且站起來，不再使自己軟弱下去。

樑：紀雲，我願意幫助你，我願意補償。

雲：你沒有什麼可以補償的，你也不必仍抱着你那種個人英雄主義，你要像武俠小說裡的英雄一樣仗義救美嗎？

樑：不要諷刺我。

雲：國樑，記住，你現在有一個美滿的家，不要讓過去的那些「記憶」來破壞了現實生活，而且，國樑，我們都老了！自我陶醉是經不起「現實」打擊的。

樑：我不相信我們老了……

雲：我相信我的心已經老了！

樑：紀雲，不要再堅持，讓我幫助你整頓我的生活，眞正使你有個美滿的家。

雲：國樑，我再說一次，你應該愛你的家，和你的太太，至於我和培遠，他是一個可憐而不能自拔的人，但是他以爲自己了不起，我就讓他活在他自己的夢裡，反正，我們沒必要再固執什麼！

樑：你不苦嗎？

雲：也許是痛苦。

（輕輕敲門）

代：（低低的）媽！爸爸回來了……

雲：你回去吧，不要讓露絲每天等你。

樑：那……明天……我再來看你。

雲：明天？你不要來了……我希望，以後你也不要來了……國樑……原諒我……

（音樂）

雲：歡迎歡迎，露絲，歡迎你來玩，我們好久不見了。

絲：是的，紀雲姐。

雲：請坐，在客廳裡坐吧！

絲：你們的客廳收拾的好漂亮呵！第一次來去匆匆，都沒時間欣賞。

雲：我的客廳公用，吳先生和我，誰有客人先來，誰就先坐，否則就在自己的房間裡招待。

絲：我可以參觀一下嗎？

雲：當然可以，這邊是我住的，對面是吳先生的……他鎖着門呢，中間是代代的（開門聲）你看，小姑娘整理得好吧？

絲：很好，代代呢？

雲：到圖書館看書去了。

絲：有這麼安靜的家，爲什麼還出去看書呢？在圖書館看書的人，多半都是在家庭裡沒有看書寫字的環境。

雲：我們有時也熱鬧的很呢？她怕聽那些無謂的聲音，只好一個人去躲個清靜……露絲，你願意生男的還是生女的？

絲：我？無所謂，不管生男生女還不都得養。

雲：生個女兒吧！妳不知我的代代才乖呢？要是男孩子，到了這種年齡，早野得忘了娘是誰了，可是，女兒的心，都是向母親的，再說，國樑不是已經有了兩個兒子了，？妳再生個女兒，就十全十美了。

絲：是他這樣對你說的嗎？

雲：當然沒有，這只是我的想法呀！喝杯茶。

絲：謝謝，紀雲姐，我今天來看你，是有一件事不知請教你是否合適？

雲：怎麼忽然客氣起來了，我比你大幾歲，只要我懂的，一定告訴你……你有什麼難題嗎？

絲：我不知道，你們寫小說的人是如何處理一件感情上的糾紛……譬如說，三角戀愛啦，單戀哪！千里遇故知啦等等的，有些感情，被你們描繪的美的不得了，但在事實上，却完全不是那麽回事。

雲：傻太太，「小說」和「現實」是有距離的，你讀過日本小說家廚川白村的小說「苦悶的象徵」嗎？文藝就是苦悶的象徵呵！

絲：紀雲姐，比仿說，像這樣的一個故事，能不能寫成一篇小說？

雲：你說吧！也許你可以給我些新故事的靈感呢？

絲：可是這是個老故事呢？比仿說，一對青梅竹馬的朋友，然後兩個人在十幾年之後又相逢，這位男士呢？舊情難忘，還想找回從前的情感，因此他也痛苦，而影響到他現在家庭的幸福……

雲：呵！（考慮的）我想不會影響的，如果我寫小說，我的安排是這樣的，那位女主角不會接受他現在的感情，因爲在道義上，她不能破壞這位男主角的家庭，再一方面，那位男主角只是嚮往過去的那份情感，事實上，一二十年的人事變化，男女各人的思想觀念，也都有距離，不可能只爲珍惜時間上悠長的記憶，而不顧現實生活，所以，我想那位男主角，慢慢的會醒悟，而那位女主角仍會堅强的處理她自己生活。

絲：可是，那位男主角如果永遠對女的有一種負疚的感覺，那他的太太怎麼可以忍受呢？

雲：露絲，你有這種感覺嗎？凡是「得不到」，或「不易得到」的東西，都被想像成最好的，其實不然，這是人的「惰性」，如果你是那位太太，就不要在這方面和他爭執，只要你愛他，盡量愛他，連他對別的女人負疚的心也愛它，慢慢的，他的那種想像就會破滅的。

絲：那不是太傻了嗎？

雲：在愛情裡，誰不是傻子呢？每當一個愛情破滅的時候，人們才會變成是最聰明的呢。你信嗎？

絲：我不太懂，我只求這位女主角不是傻子就好了。

雲：我保險，她不會再傻了，放心吧！露絲，記住，愛情需要時間培養，男女相處，如果只是在時間上有個不算短的紀錄，而在愛情方面不去培植，不去滋潤，愛情仍然會死亡，就像結合一二十年的夫妻，仍然會離婚，就是個證明，在別人看來，這是人生的悲劇，在當事人來說，未嘗不是一種解脫！啊！你別誤會我在鼓勵「離婚」，我只是說，男女應該在未演成悲劇以前，注意「保養」他們的愛情，否則，丈夫和妻子雙方誰也不能責怪誰……露絲，別光聽我說教，喝口茶罷！

絲：紀雲姐，我希你這部小說的結局會很圓滿……

雲：是的，我一定不讓你失望，放心吧！露絲，「現實」給我們的痛苦太多了，爲什麽不讓我們在第二個夢裡滿足呢？

絲：「第二夢」！你的「第二夢」寫的太美了，我眞嫉妒書裡的女主角那麽幸福，你是以代代做模特兒嗎？

（大門響）

雲：（低聲）噓！別說我們的夢了，代代回來了。

（腳步聲）

代：哈！傅媽媽在這兒！眞意外，你好嗎？傅伯伯呢？他很久都不來了。

雲：代代，快去洗個臉再來聊天！

代：我不熱！傅媽媽，你快生小孩了，生個女兒像你一樣美！

絲：先謝謝你，代代！

代：傅伯伯忙嗎？他好像有半年不來我們家了，他給我看的那張「頂天立地」大廈設計圖，現在大概造好了吧？

雲：代代！傅媽媽怎麼會曉得傅伯伯工程方面的事？

代：他應該把他的理想告訴傅媽媽啦！我眞羨慕傅伯伯，能把畫在紙上的那些線條，造成美麗的建築，我想每當傅伯伯設計的一個建築物完成的時候，他一定很高興！

絲：你想錯了，有的時候他却失魂落魄的無所依靠呢？心情特別壞。

雲：當我寫完一部書的時候，也有這樣的心情。

代：這叫做「惘然若失」吧？嗯？媽？

絲：代代大了也學寫文章嗎？

代：我不寫那些都是自欺欺人的玩意兒，我想學傅伯伯，可是我要做一個靈魂的設計師，把那些痛苦的靈魂設計得快樂些。

雲：又說傻話！

絲：代代眞會說話，你傅伯伯只會設計房屋，可不會設計靈魂，再說靈魂怎麼能設計呢？

雲：別聽她發神經。

代：我已經成了神經病了

絲：代代大學考取了吧？

雲：考上了，代代讀書、做事，都沒使我煩過心。

代：（像唸詩劇）媽，你的心已經夠煩了，我怎麼忍心再讓你煩心？

雲：在那兒學的貧嘴？（笑着）別親我，別纒我，代代。

（母女笑着）

絲：（也笑着）代代還像個小嬌娃呢，你是大學生了。

（沉重的腳步聲，笑聲戛然而止）

代：爸！

遠：（咳嗽聲）嗯？（腳步聲後砰然一聲關上門）

代：（忽然大喊）呵！驚死人了！

音樂

雲：徐媽！蛋糕送來了嗎？

聲：已經送來了。

雲：菜也擺好了？

聲：等小姐一回來馬上就吃飯。

雲：好，別躭誤，小姐吃完飯還要到同學家裡去玩，他們爲他開了個生日晚會。

聲：是。

雲：（低語）「送給我的代代十七歲生日禮物，母親。」……代代，你已經十七歲了，你已經長大了，你再不是偎在媽媽懷裡的小女孩了，唉！時間過的真快，代代竟然長這麼大了，可是，天曉得這十幾年我是怎麼過的呀，起碼有一半的生命，不是在我身上……

（電鈴聲）

雲：徐媽，看誰來了？我們家很少客人的，快吃晚飯的時間，怎麼還會有人來？

（大門開啓聲）

聲：對不起徐媽，我出去忘了帶鑰匙了，又叫你跑來開門，代代回來沒有？

聲：還沒有……先生，你又買酒了……

遠：今天是我女兒的生日啊！怎麼能不喝酒慶祝啊！徐媽你看，這是什麼？這是送我女兒的禮物……你猜是什麼？哈！你猜不到的，平常我沒機會買東西送女兒，一切都有她媽，只有在生日的時候，每年送一次，每年有一個機會，這是人家賜給我的，把牠放在飯桌上……

雲：徐媽，代代說六點鐘回來的，你快去廚房吧！

聲：哎………

遠：徐媽，這客廳裡的花是剛換的？我今天早上叫花店送來的花呢？爲什麽換掉？我問你，爲什麽換掉？

聲：那是………太太說代代不喜歡那種花………

遠：眞是豈有此理！徐媽，你知道，我就是這一個女兒，懂嗎？除了她，沒有我所愛的，我的一生，只有代代對我有意義，老太婆，你懂嗎？

聲：先生又喝了酒了………

遠：廢話，下次你再胡做非爲，我就辭掉你。

雲：徐媽，廚房的事做完了嗎？盡顧在這兒說廢話！

遠：你別走，徐媽………哼！我買束花的權利都被剝奪了，這還像話嗎？

（電鈴）

遠：徐媽，開門，我的寶貝回來了！

雲：（自語）眞奇怪！代代有門上的鑰匙呀！

遠：即使有，一旦失掉，也不稀奇，我們失掉的豈止是一把鑰匙？太多了！太多了！

（腳步）

代：哈！眞難得，能看見二位同時在客廳裡……

雲：

（同時）代代，你回來了。

遠：

代：媽！等我急了嗎？

雲：正就心怕你回來晚了，會躭誤同學們爲你準備的晚會！

代：爸，我們講好的，從今天起，你要戒酒的，你怎麼又不聽話了？（嗅）瞧！你已經在外面喝了！滿嘴酒味！

遠：爸爸想了想，你的生日要高興，怎麼可以沒酒呢？這兒還有一瓶是一會吃飯喝的。

代：爸，你現在已經有一些醉了。

雲：代代，餓了吧？我們到飯廳去吧！

代：好，媽，我攀住你的胳臂，爸，來呀！你攀住我的胳膀……多幸福！我們三個人好多年沒遠在一起了……除了我的生日的時候，我多希望你們兩位……

雲：代代

代：哈！好漂亮的花，呵！好大的蛋羔，媽，這是你給我的呀？我現在看好嗎？一支鋼筆，一個日記本，（唸）「女兒，用這隻筆，寫出你幸福的生命之歌，母親。」……

……啊！媽謝謝你。爸，這是你送我的……一雙金色的涼鞋，爸，你怎麼想起送這個給我？（唸）：「明日你將走入大學之門，穿着這雙金色輝煌的鞋，去尋找你金色的前程，我的公主，並盼你，也找到最愛你的王子——不要像爸。父親。」……

……啊！（欲哭）爸！爸！

雲：蠟燭點起來了。

代：媽，爸，我要求你們二位，爲了代代，一起唱「生日快樂」好嗎？我來起頭：

Happy birthday to you……

雲：（似泣似訴的跟着唱）

遠：（蒼老沙啞也跟着哼）

（零落的掌聲）

代：謝謝爸爸！謝謝媽媽！（吹燭）哈！明天，我十八歲了。

雲：坐下吃吧！都是選你最愛吃的，明天上了學，你就是大學生了，再過四年，你可以獨立生活了……

代：我……

遠：以後交男朋友可得小心，不能不給爸爸講……爸爸給你做參考。
代：我不交男朋友，更不結婚。
雲：做什麼？
代：我讀書。
遠：最後呢？
代：也許……我去做修女。
雲：
遠：（同時）代代！
代：我這樣計劃我的將來，我想會使你們失望，可是我看到你們二位的生活，眞使我寒心！夫婦情感是什麼呢？所謂家庭生活就是這樣的嗎？媽，你別離開飯桌好嗎？
遠：我並不想那樣，我一直對你抱歉，我痛恨自己無能，也痛恨自己愛喝酒，可是我只有在酒裡忘記我的不幸……
代：爸，現在放下酒瓶好嗎？媽，你能不能也對爸說兩句話？從我十四歲生日以後，你們一直沒說過話。

雲：代代，今天是你的生日，我不願使你不快活。

遠：（大聲的）你已經使代代不快活了，你還說什麼？你這麼虐待她的爸爸，就使她不快樂了，你是個殘酷的女人，你還以爲你做的都對嗎？

雲（大聲的）告訴你，我沒錯，我沒錯，我一生幸福葬送在你手裡，你只能欺騙一次，不能夠永遠！傷透了的心，是無法再復原的，代代，祝你生日快樂！（腳步，關門聲）

代：媽，媽！

遠：讓她去，有什麼了不起，你不過是個女人（腳步）（門關上）

代：爸爸，爸，（敲門）媽，媽，（敲門）你們出來呀！你們這是爲代代過生日嗎？爸爸！開門！媽！開門！（哭）爸，媽，你們這是爲什麼啊?!爲什麼啊?!

第二夢

導演：崔小萍
配音：李　林
錄音：林文騰
報幕：歐陽天

紀　雲：崔小萍
吳培遠：宋　屏
代　代：劉秀嫚
傅國良：趙　剛
陶露絲：劉引商

新生

新生

人物

陳忠誠——大衆出進口貿易行總經理

陳太太

陳清照——其女

陳人倫——其子

鄭淵博

黃金珠——貿易行女職員

胡秀卿——貿易行女職員

張先生——貿易行男職員

工友——德發

大衆貿易行內

輕微的人聲，打字機聲

有女孩子偷偷的笑聲

男職員：（腳步聲）胡小姐……

胡：（正在說話）喂！黃金珠！你們倆近來進展的如何了？

黃：什麽進展的如何了？

胡：miss 黃呀！還裝蒜呢？你們倆的事，行裡誰不知道？

男：胡小姐！

胡：噢！張先生！

男：這份報關的公事，請你即刻打出來，等一會兒總經理來了要看的。

胡：好的！我馬上打……

黃：胡秀卿，快打你的字吧！少管別人的閑事吧！

胡：喝！瞧你神氣的！你和陳小開戀愛有什麽了不起，幹嘛要這麽神祕！

黃：誰和他戀愛嗎？是他追着來找我的……我才……

胡：一個有心，一個有意，那不就成了……

男：黃小姐！這裡一筆錢，請你付一付……

黃：是的。

汽車喇叭響了兩下。

男：總經理來了！

（除了打字機的聲音以外，靜靜的皮鞋聲，有力的腳步由遠而近！）

工友：總經理您早！

陳：早！各位早！

衆：總經理早！

陳：今天天氣有點冷呢？我們這個寫字間怎麼樣？張先生，電爐開了沒有？

男：報告總經理！您瞧，一個角落裡按一個一千瓦的，差不多了！您的辦公室，還是用的從前那個舊的……

陳：可以可以！（腳，門聲，打字機聲漸遠）

工：總經理，您的茶。

陳：謝謝德發！你太太的病好點了嗎？

工：謝謝您掛心！反正她是老毛病——氣喘，一半時也沒有辦法斷根……

陳：不要讓她太勞累了！這種病要靜養才好……

工：這麼多孩子，怎麼能——唉！

陳：別發愁！行裡拿的錢不夠用，儘管告訴我……

工：總向您借支，眞不好意思……

陳：沒關係！誰都需要朋友幫忙的呀！

工：可是，您是總經理呀！

陳：那有什麼分別呢？我只不過職位比你高一點就是了！哎：德發！今天有人來找我沒有？

工：嗯！好像沒有！

陳：哎！奇怪！葉檢查官的介紹信我收到幾天了，怎麼這個人到今天還沒來呢？

（敲門聲）

陳：進來！

胡：總經理，這是剛打好的，請您看一下。

陳：好的，胡小姐！今天這件祺袍可眞漂亮！

胡：（得意的）那兒啊！總經理老愛開人家玩笑！

陳：眞的，所以越顯得你漂亮了！

胡：你女兒才眞的漂亮呢？

陳：聽你說我女兒漂亮，我可眞高興……

（敲門聲）

工：總經理，有位先生要見你……

陳：好！請他進來……

胡：總經理！這封信沒問題我就交給張先生！（腳步聲遠去）

陳：好的！

工：這是陳總經理！

鄭：陳總經理！您好，我是鄭淵博，葉檢查官介紹我來看您……

陳：是的！我早幾天就接到他的信了，我正奇怪怎麼沒見你來呢？

鄭：因爲……我去南部看了幾個多年不見的朋友，所以就……

陳：沒關係，葉檢查官和我是多年的老朋友，我們是同學，同鄉……我們眞是情同手足，所以他介紹你來我這個貿易行工作，是絕對不會成問題的，我聽說你……，德發！你到外面去問問張先生給家裡所訂的那套沙發送去了沒有……

工：是！

陳：我叫你再進來……

工：是！

（腳步聲，門開時，寫字間的人聲，打字機聲傳進來）

陳：我聽說你犯了點事……坐了幾年監獄……

鄭：是的，我不敢瞞你，我想葉檢查官已經告訴您了……

陳：嗯！他大概的說了一點，並且為你惋惜，年紀輕輕的……

鄭：這都是過去交友不愼，自己也糊塗……

陳：誰會不犯錯呢？只要能改過自新就好了！你在監獄裡的生活還好嗎？我看你身體很捧！

鄭：在監獄裡的衣食住行都很正常，吃的營養好，住的獄房光線和空氣都很充足，有適當的運動和工作，所以，我們的身體都很好……

陳：如果不是葉檢查官介紹你，今天看見你，我眞不會以為你是個……

鄭：葉檢查官待我太好了，還有典獄長對我也很好，像對自己弟兄一樣，我這次假釋，都是他們幫忙我……

陳：你從前是學什麽的？外文還可以吧！

鄭：學法律……

陳：知法犯法，可不對呀……哈，以後在我這兒好好的幹吧！我不會虧待你，我一向是以誠待人，你今天就開始辦公吧！就在我的辦公室裡，我的祕書小姐剛好發脾氣走了，唉！和女人共事真難纏！你就坐她的辦公桌……

（電話鈴）

陳：開始辦第一件公事吧？……這個電話你來接，怎麼樣？

鄭：是！總經理！（向電話）喂！我這兒是大衆貿易行……您找那一位？

照：（電話）總經理在嗎？喂！等一等！你是那一位？你的聲音我沒聽見過……

鄭：我——我是剛來的……您是……

照：（電話）我是陳清照！

鄭：啊！陳清照？您是……

陳：（接電話）是我女兒打來的、我來接，清照嗎？什麼事？

照：（電話）爸爸！媽問你，那套新沙發怎麼還不送來？

陳：已經關照張先生了，馬上就送去，急什麼？這點小事還打電話來催？

陳：（電話）別打官腔好嗎？是媽要問的……爸爸！你行裡又來了新人是誰呀！

陳：瑪莉王走了！是葉伯伯介紹來的……好了！別問了，同家我再告訴你他是怎麽様個人！好了！掛了！唉！……眞嚕嗦，我的兒女念大學了，還像個小孩子，我還有一個兒子，看到小孩子長大覺得自己老了，來！鄭先生，我來爲你介紹同事們認識！

鄭：您就叫我淵博吧！

陳：好的，來吧！淵博！

（音樂）

鄭：黃小姐，您能進來一下嗎？總經理請您！

黃：好的，我就來（腳步聲）

胡：我看我們黃小姐要轉移目標了！

男：胡小姐的眼睛可眞尖。

胡：哼！什麽事就逃不過我的眼睛！這位小姐是勢利眼，誰是紅人就巴結誰，我們總經理重用鄭淵博，她也就另眼相看！再說鄭淵博長得又帥，個子高高的，哎？你說他像那個男明星。

男：我對於電影明星記不清楚，還是請胡小姐指示迷津吧！

胡：呀！我想起來了，他像克拉克蓋博兒，對啦！就像他，白瑞德。

男：蓋博是誰？白瑞德又是誰？

胡：你眞是少見多怪，蓋博是美國的電影皇帝，飾演「亂世佳人」裡的那個叫人愛又叫人恨的白瑞德呀！可惜已經死了，我們小開的風度可比不上人家了，（忽低聲）瞧！說着說着，陳小開來了。

（脚步聲）

男：人倫，沒有上課呀！

倫：張叔叔，後兩堂空堂，我爸爸在嗎？

男：在裡邊，有事嗎？要不要去告訴他？

倫：不，不，沒事，我只是問問，胡阿姨，您好，黃小姐不在？

胡：在總經理室呢？怎麽這幾天都沒來？

倫：我考試……你們忙不忙？

胡：不一定，有時候很忙，有時候也閑的不得了……

倫：我打幾次電話給黃小姐，都不是他接的，說她正忙着……

胡：（雙關地）是呀！黃小姐最近可是有點忙噢？

黃：誰說我忙？（脚步聲近」哎！你來啦？

倫：金珠……黃小姐，我的電話……

黃：眞對不起，我正忙着沒法接，有什麼要緊的事嗎？

倫：沒什麼……我想請你去看看電影……

胡：只請黃小姐，不請胡阿姨？

倫：那裡？只要你……

黃：我已經和別人約好了。

倫：誰？

黃：我的新朋友，你不認識。

倫：那……我票都買好了，怎麼辦？你眞是……

胡：胡阿姨陪你去，省得你浪費錢……

倫：金珠！何必故意冷淡我？

黃：我對誰都一樣！

鄭：胡小姐！請你來一下，呵！人倫來了，找總經理嗎？

倫：不，我馬上就走，不要告訴他。

鄭：是的。

胡：小開呀！要努力呵！勁敵當前，不勝就敗了！（腳步遠）

鄭：胡小姐很會說笑話，回頭見！人倫。

倫：回頭見！金珠！你到底怎麽回事？最近總對我這麽冷淡，愛答不理的……

黃：我覺得我和從前也沒兩樣……那是你自己多心眼兒。

倫：打電話不接，找你找不到，請你做什麽都沒空，你眞是大改變了……

黃：能改變不是覺得新鮮嗎？

倫：你……

男：人倫！還是忙忙功課吧，不要總是玩……

倫：張叔叔！你聽誰說我總是玩？

男：你精神不集中，就無形中會荒廢學業的……

（總理室內有聲音）

倫：我……我爸爸要出來了，我走了，金珠，下次！星期日我去找你，張叔叔，這兩張票給胡阿姨，你陪她去看吧！

（跑走）

男：呵！人倫！你……

黃：眞討厭，剃頭挑子一頭熱，自找苦吃！

（打字機響起來）

（音樂）

清：弟弟！弟弟……人倫！

倫：（懶洋洋點）做什麼？

清：來幫我把這幅畫掛好。

倫：我沒空。

清：眞奇怪！明明坐在那兒沒事，偏說沒空，你又犯了什麼毛病啦？

倫：沒什麼毛病，沒勁兒！

清：明天爸爸的生日，你不說幫着佈置，看你那付懶像。

倫：讓他的準乾兒替他佈置吧！

清：誰是他的準乾兒子？我怎麼不知道？

倫：鄭淵博呀！淵博呀！他不是什麼都懂嗎？

倫：喲！眞想不到你吃起人家的醋來啦！別這麼小心眼兒，人家一個人在台灣，無親無故的，爸爸幫他的忙，照顧他也是應該的，幹嗎要你這麼不服氣！

倫：你當然服氣啦！說不定將來他還是我們的準姐夫呢？

清：你胡說八道！

倫：好好！別嘴硬！咱們走着瞧，哼！有什麼了不起，就憑他有一幅好外型，好像把女人都給迷住了似的！

清：誰又迷住他啦？

倫：與你無關，你關的那份心嘛？

清：討厭！我問問又怎麼啦？

倫：還不是爸爸行裡那幾位！哼！我倒不相信鬥不過他！

清：哈！是不是你又碰上黃金珠的釘子，所以就遷怒於人了？

倫：以後少提什麼黃金珠白金珠的，我不願聽！

清：大概是黃金珠追鄭淵博吧？是不是？告訴我！

倫：我告訴你，少提姓黃的！

清：是不是黃……

倫：（大聲）別喊她的名字！我恨透她了！

（腳步）

太：你們倆又吵什麽？瞧瞧！你們在這兒佈置的什麽房間呵！這麽半天連幅畫都沒掛上！

清：媽！弟弟不幫忙，這麽一大幅畫，我一個人怎麽掛得上？

太：人倫，怎麽不幫你姐姐？

倫：沒興趣！

太：你對什麽有興趣？你爸爸過五十歲生日都不感興趣，還是就對你自己化錢有興趣？

倫：我近來心情不好！

太：你的心情什麽時候好過？人倫，你最近化錢太多了！行裡張先生告訴我說，你從出納黃小姐那兒借走的錢不少了，你都化在那兒了？

倫：還不是化在……算了……別說了，以後我再不理她！

清：媽！弟弟失戀了！

倫：你少多嘴！

太：化錢，戀愛，不讀書，這就是他的生活，現在你老子有個貿易行，還能供你化，要是有一天，貿易行沒有了，你還依靠什麽？人倫，別怪媽媽嘮叨，這都是爲你好……

倫：又是這一套！

清：媽，別說他了，先說這幅畫怎麼掛上去吧！

太：我也不能攀上爬下的，還是等淵博來了再說吧。

清：淵博怎麼還不來呢？他跟爸爸幹什麼去了？

太：聽說有一筆貨，出了點問題，他跟你爸爸去那兒交涉了。

倫：淵博淵博！你們好像也被他迷住了！不曉得從那兒來了這麼個人，值得你們這麼信任？爸爸連我這個親兒子都不信任！哼！

太：有發牢騷的功夫，想想自己應該怎麼向上，才能叫你老子信任你！像上次，叫你拿了錢去付稅，幾天不見人影，差一點就誤大事，這還怪你爸爸不信任你？

倫：好了！都是我不好！成了吧！

太：你瞧淵博，沒上過什麼學，人家都是克苦自修過來的，做事負責，認真，對人有禮貌……

倫：假貌僞善！

清：人家比你强，淵博……

（電鈴響）

倫：寶貝淵博來啦！眞是莫名其妙！

（開門聲，說話聽由遠而近）

陳：我沒料到這麽麻煩！唉！

博：您先別着急，我們還可以再想想辦法……

太：什麽事這麽嚴重？我們等你們吃晚飯哪！

陳：糟糕極了，我從來沒有……

博：總經理夫人，清照。

清：快來幫我忙，我就等你來哪！

博：掛畫呵！好！我就來，人倫！沒出去？

倫：哼！

太：倒底怎麽回事？看你急的這個樣子！

陳：上次不是王老大請客嘛？說有一筆貨交給我代理！這裡頭一轉手之間，光我個人就有百來萬的賺頭，我就答應幫他們的忙，我想王老大的意思僅是漏點稅的問題，誰曉得他們搞的太大了，現在已經陷進去，想脫身也脫不開……

博：清照，畫掛的正吧？我可以下來了吧？

清：好了，下來吧！我來扶你！

博：怎麼？你的手冰冷？是不是穿少啦？

清：沒有，大概肚子餓了吧！媽，吃飯吧？

太：好，忠誠，如果你們商人賺的錢，是正大光明的就不必躭心……

陳：這件買賣數目太大，出了漏子要坐牢呀！

清：別說了爸爸！坐牢坐牢！聽起來就難聽，吃飯吧！

博：總經理，您先別急，我們再想想辦法……

倫：當然啦！事不關己，你急什麼？

陳：沒你的事，不爭氣的東西！

太：別吵了，金鳳！開飯啦！忠誠，明天是你的生日……

陳：過什麼生日？死期差不多快到了！唉！

（音樂）

（賓客喧嘩，喝酒行令，很熱鬧。）

清：（輕輕的）淵博，你到外面來……來嘛！

博：清照，有事嗎？

清：討厭，有事才找你？

博：問的不對？哈！原諒原諒，今天我多喝了兩杯，這外面的空氣好清涼，多少年沒這樣喝酒了。

清：爲什麼？

博：我禁止自已喝酒。

清：爲什麼？

博：因爲……清照，你是法官呵，怎麼追根問底的？

清：你從來不說你自己，一提到你的過去，你就打岔……

博：沒有什麼光榮歷史的過去，提他做什麼？還是說現在吧。清照，要我陪你看電影去嗎？

清：不，告訴我你的過去！

博：過去？窮小子一個，沒親沒故，大學沒念完，沒讀過多少書，如此而已。

清：人家說，沒這麼簡單！

博：呵？你聽誰說的？葉檢查官嗎？

清：不是，是他兒子說的！

博：說什麼？說我什麼？

清：說你呀！說你………是個很上進的年青人，葉伯伯很喜歡你………

博：唉！我的案子………

清：你的案子？什麽案子………

博：不，我是說，從前我有個女朋友叫安子，葉檢查官爲我們的事很傷腦筋………

清：現在安子還在嗎？

博：早不在了………哦！她嫁人了！現在只有清照在了！

清：別碰我！

博：生氣了？

清：沒有，前幾天，爸爸問起你和我的事………

博：哦？他怎麽說？

清：他不允許我們結婚。

博：我早就猜到了，像我這種人，他不會允許你嫁給我！

清：爲什麽？難道你有什麽見不得人的事嗎？可是他却這麽信任你！

博：我想他是看我有用處吧！

清：淵博！我………

（黃金珠的笑聲）

黃：哈哈！瞧這兩位，躲到這兒說情話呢！

胡：鄭先生！快吃你的喜酒了吧？我們黃小姐等不得了！

博：啊！胡小姐！別開玩笑！

胡：大小姐！發請帖別忘了寫我的名字！

清：你們談吧，我失陪了！（腳步聲）

博：清照，清照！我去看看她怎麼啦？（欲退出）

黃：鄭先生，別走嘛，陪陪我嘛，你瞧你，酒都不敬人家！

博：對不起！黃小姐，別攔着我！

黃：我不是總經理大小姐是不是？用不着拍馬屁，是不是？

博：豈有此理！（走）

黃：哼！神氣什麼？還以爲我眞追他啦！美的！我會愛一個「犯人」？

胡：犯人？看不出來呵！鄭淵博是個犯人？進過監獄，你怎麼知道的？

黃：若要人不知道，除非已不爲！這是一個和他一塊出獄的人告訴我的，那個人從前是我的朋友！

胡：哦，你的交際可眞廣！連監獄裡的朋友也交上啦！

黃：噓，小聲點！

胡：鄭淵博犯的什麼罪哪？

黃：說是……小開來了……喂！小開過來，我和你說話！來嘛，我告訴你個祕密……

……

倫：（走過來）什麼祕密？

胡：小開，這個祕密對你的戀愛前途大有幫助……

倫：說嘛，少賣關子……

黃：我告訴你，不准你告訴別人，鄭淵博……

（音樂）

胡：喂！張先生！你知道鄭淵博的事嗎？

男：鄭淵博有什麼事？

胡：是他的過去，過去做的事。

男：他從來都不談他的過去。

胡：你知道是什麼原因？他有問題，有見不得人的事！

男：眞的嗎？這可不能信口雌黃，造人家的謠言，誹謗人家是犯法的！

胡：哼！犯法？姓鄭的才犯了法，坐過牢呢！

男：什麽？你說什麽？

胡：你沒長耳朵？

男：我有點不相信我的耳朵。

胡：張先生！我告訴你，你可不能告訴別人，這件事只有我們倆知道。

男：你從那兒知道的？

胡：這就不要管了，反正千眞萬確的有這樣的事，姓鄭的坐過牢一點兒都不假。

男：唉！眞沒想到，看着很正派的人，做事也負責認眞，對人又很有禮貌，年輕有爲的樣子，怎麽會犯過法坐過牢呢？

胡：外表怎麽看得出來？知人知面不知心哪！據說從前無惡不作的呢？

男：可怕！太可惜了！鄭淵博會裝得這樣好？看他的樣子，誰相信他從前是個囚犯？

黃：你們在說誰呀？

男：哦……沒……什麽……

黃：哼！還以爲我沒聽見哪？你們是不是在說那個犯人哪？

男：黃小姐？怎麽也知道了？

黃：我怎麽知道？你看我是誰呀？我會不知道？你怎麽知道的？

男：是胡小姐告訴我的。

胡：噓！那個犯人來了！

博：（走近，有禮貌的）黃小姐早，胡大姐，張先生早！

（無反應）

博：今天你們都來的早了點，我遲到了！

（仍無反應）

博：昨天你們玩的很好吧？黃小姐什麽時候走的？昨天晚上，眞對不起，我沒陪你，因爲淸照……（稍停）昨天總經理家裡的客人還不少呢？我是好多年不參加這種熱鬧場合了。（稍停）你們？你們是……（突然發笑）哈哈！是你們跟我開玩笑，約好了故意不理我是不是？黃小姐還生氣？

黃：哼！你也配？

博：呵！

胡：鄭先生銀行裡的存款一定不少？聽說你從前很不得了，都怪我們這個小貿易行的傢伙們有眼不識泰山！

博：胡大姐知道我窮，故意諷刺我是嗎？（仍然笑着）

胡：諷刺？我是在恭維你呢！

男：鄭先生，請到總經理室去辦公吧！鄭先生的確是身手不凡，否則怎麽一來就當上祕書了？總經理一定很清楚你……

博：張先生——

男：得！你是有一手兒！請吧！別把腿站直了！

黃胡：（笑起來，不恭敬的。）

博：這……

（音樂）

陳：淵博！你說說，我待你怎麽？

博：總經理待我很好，就像待你自己的子侄一樣，我非常的感激……

陳：不要說感激，你要幫我的忙才對呀？對我剛才和你談的那個計劃，你覺得怎樣？

博：我……總經理，記得我剛來的時候，你說過我一句話，「知法犯法」是不對的，你現在要我再「知法犯法」我怎麽能做呢？

陳：這是不得已沒辦法的事嗎？事到臨頭，還不設法逃避，難道你樂意看着我進監獄？坐牢的滋味你是嚐過的。我幫忙隱蔽你，給你工作，難道你忍心看看我吃官司。

博：總經理，過去坐牢，我知道錯了，所以在接受法律的制裁以後，我革面洗心，重新做人，因此處處小心，不願意再重蹈覆轍，可是你現在讓我幫忙你掩滅犯罪證據，造假賬，做僞證，而且你還要我……

陳：住嘴！你是個忘恩負義的東西！你這個囚犯，假如我不收留你，誰管你！你現在有碗飽飯吃，你就忘了你是誰？你不想想，你現在的生活是誰給你的？你忘了你是誰啦？

博：總經理，您先別生氣，我感謝您的幫助，可是我並沒有忘記我是誰，我從前犯過罪，就像臉上刻了字兒，走到那兒都提防別人會認出我是從牢獄放出來的「犯人」！有過一次犯罪的記錄，就永遠洗不掉這種恥辱，所以，我不敢再犯罪，我情願叫你恨我……

陳：你是幫我呀！事情能混過去了，我們就發財了，你懂嗎？

博：我們的司法是嚴明的，這樣大的事怎麼能混過去？也許你能暫時利用法律上的一點漏洞，逃過目前，可是你逃避不了永久，如果罪上加罪，不如你現在去自首還可以減輕罪刑……

陳：你混！你勸我自投羅網？豈有此理！

博：總經理！如果不去自首，那就會法網難逃啦！

陳：總之一句話，你答不答應和我合作？

博：我——不能！

陳：你不要後悔！

博：我——不後悔！

陳：好，我要揭破你的祕密，我要全行的人知道你是個賊！

博：總經理，偷國家財富的人就是强盜了！

陳：我宣佈你是個賊！坐過牢！殺傷過人，可是假如你答應我……

博：不！我不能！再說行裡的人好像已經知道了！

陳：那麼你永遠不要希望和我女兒結婚，我的女兒不能嫁給一個無恥的賊！

博：總經理！

陳：滾開！不要叫我總經理！我馬上打電話給葉檢查官，他會幫我的忙的。

博：葉檢查官是清廉的！他決不會幫助你犯罪！

陳：他是我的好朋友，不是因爲他的保證我決不會收留你！

博：總經理，去自首吧！

瀚：去你的，快給我滾！唉！怎麽辦？我打電話找葉檢查官（撥號碼）喂！喂……………

電話鈴響

聲：喂！葉檢查官公館。

陳：（電話中）請找葉檢查官講話。

聲：您是那一位？

陳：（電話）陳忠誠！

聲：對不起不在！（掛斷）

電話鈴

聲：葉公館！啊？對不起！不在！（掛斷）

電話鈴

聲：啊！你是陳經理！對不起！葉檢查官不在！

電話鈴

倫：喂？誰？你是鄭淵博？我姐姐不接你的電話，你這個賊！你還好意思來電話！不要臉的東西！你來也沒用！根本用不着解釋………

（很短的音樂）

清：（哭着）你用不着解釋，我把你看錯了………

博：淸照，請聽我說好嗎？

清：不要！不要！

太：淸照！妳不要耍脾氣，你聽淵博說嘛！

清：聽他講什麼？聽他說做賊的好處？媽！妳就是這麼好脾氣，爸爸不理他了！妳還允許他到我們家來………

清：人都有一時犯錯的時候，知過必改善莫大焉！不能因爲一時糊塗，就終身改不過來了？

倫：他就是這麼一種壞坯子！我從看見他就不順眼………我勸姐姐別瞎了眼，可是她甘願上當！

博：妳還年靑，你不會瞭解，人犯了錯那種後悔的心情………淸照聽我說一句話好嗎？

清：我不聽！你是個騙子，你是個賊！

博：（自嘲的）哼！賊！淸照，我並沒有偸妳的愛情！是妳送給我的！記得十幾年前，爲了那個女人，她偸了我的愛情，我一時迷糊，却偸了公款去報答她，而她呢？最後她却背棄了我，而和我的朋友共同來欺騙我，在忍無可忍之下，我殺傷了他們倆……最後是換來了三年的牢獄生活。可是在牢獄裡的日子並沒白過，我得到了教訓！使我懂得要人尊敬你，必須不失掉做人的權利！否則犯了法，不但人格受到損害，連做人的權利也沒有了！唉！

清：那你從前爲什麼不先告訴我？

博：這種事有誰會瞭解你？同情你？說不清楚，會引來更多的誤會。

清：那爸爸以前那麼喜歡你爲什麼現在……

博：唉！我不能告訴妳……

太：妳爸爸最近總是神不守舍的，行裡有什麼事？

博：有一點……

太：怎麼囘事？

博：最近總經理受人拖累，上人當，可能要吃官司！

太：啊？眞的？

倫：你別侮辱我爸爸！他是個很守本份的商人……

博：是的！人都有犯錯的時候，尤其金錢跟愛情，最容易犯罪。

清：爸爸怎麼會？

太：他怎麼會？他怎麼會？天哪！他怎麼會做出這種事來？

（音樂）

陳：紙包不住火，事情到了這步田地我不能不告訴你們。

太：（哭泣着）忠誠！你怎麼會做這種事？我們家裡並沒逼你去做這種犯法的事？

陳：不怪你們，是一時利慾薰黑了我的心，衝昏了我的頭……

太：我們家的生活，靠你正常的做生意已經夠維持的了，誰逼你犯法的呀？唉！你真是老糊塗了……

陳：我是入了圈套，難以脫身呀……所以我決定接受淵博的建議，所以就先去自首……

太：怎麼辦？你走了我們這個家怎麼辦？貿易行怎麼辦？

陳：家只有靠你維持了，貿易行只有暫時停業……

太：你這個罪怎麼受？住在牢獄裡……

陳：太太！現在牢獄改進了，牢獄裡的一切設備和管理都很衛生和合理，這一點妳倒可以放心，我擔憂的是事情一揭露，響影我們孩子的名譽，人家一定會恥笑他們有一倘寡廉鮮恥的父親……

太：我想孩子們會原諒你的……你還不是要使他們活得更舒服一點……

陳：太太，妳能原諒我嗎？事先如果我聽妳的話，克苦耐勞，不取不義之財，就不會做這種貪污枉法的事了……孩子們知道了嗎？

太：知道了……

陳：他們在那兒？

太：他們守在客廳裡……淵博也在。

陳：我很後悔，為了威脅淵博跟我合作，我揭開他的祕密，使得他也難以為人……

太：淵博跟我說過，他並不怪你……清照這孩子也很懂事，他並不把淵博的過去看得很重要，只是人倫受了黃金珠的挑撥，對淵博成見很深……不過，日子久了會好轉的……

陳：太太，我不知道要判幾年的刑，以後……

（門鈴聲響）

陳：是他們來接我了，我該走了……

（門鈴再響）

太：忠誠！（哭）

陳：太太！請保重！

腳步聲

陳：清照！人倫！再見！

清倫：爸爸（低低的哭）

陳：淵博！謝謝你！

博：總經理……

陳：你們不要送我……再見！

清晰的聽見他一個人的腳步，由近走遠，聽見大門開合的聽音。

新生

導演：崔小萍
配音：李林
報幕：歐陽天

陳忠誠：趙剛
陳太太：趙雅君
陳清照：徐謙
陳人倫：包國良
鄭淵傳：歐陽天
黃金珠：張莉
胡秀卿：田樹英
張先生：乾德門

琦君短篇小說
「電冰箱」改編

天平上

天平上

人物

孫推事——志義

孫太太

錢主任——守禮

錢太太

趙科長——世仁

趙太太

人聲效果：

秀玉

男聲

幼兒嬉戲聲

——前奏音樂

雞、鴨聲

孫：咕咕咕（喚雞吃食）咕！來呀！快來吃呀，姑奶奶們！我還有事呢！去，去，老紅臉，你倆番鴨子跑到雞羣裡來做什麼！走開，那邊不是你的食匣子嗎？噢，阿忠，你和你弟弟的便當盒子別忘了拿？

聲：知道啦！媽，我們走啦！

孫：別亂跑，小心車，阿忠，照顧你弟弟。老爺子，你該起來啦！

義：（遠應）我早就醒啦（緊接一陣急促的咳嗽，喘息的聲音很大）

孫：別說話啦，又惹着你的老毛病啦，你又出來幹嗎？別出被窩，外面空氣涼，你又得喘……………

義：我透透空氣，睡一夜，這屋裡空氣太壞！咳！（志義每說話時，一直是喘噓的）

孫：誰說不是？人多屋子小，破舊東西一大堆，空氣怎麼會好咗，明兒咱們也能換滿傢俱擺設，屋裡就覺得清爽得多啦，像隔壁錢太太家！再過去趙科長家，我們右手常會計家，不都是整理得窗明几淨的？同一條街的鄰居，可就沒我們家顯得破爛……

義：錢富裕，什麼都弄得像樣一點……

孫：尤其隔壁錢家，呵呀，人家那個客廳，才眞是客廳哪，什麼電唱機電視機，還有什麼電……

義：好啦，一提起錢家，看你羨慕的那個樣兒？

孫：嘖嘖！低聲點好不好，讓人家聽見多不好意思！

義：放心聽不見的，他們不會起這麼早的！

孫：我不是羨慕，人家怎麼就比我們的日子過得好呢？

義：人家丈夫有辦法，我無能，成了吧！

孫：瞧瞧又多心啦！別說了，我眞就心又氣着你老人家，喘病一犯，要死要活的，我眞害怕，走，回屋裡吃早飯吧！你臉洗了？

義：洗了！你別生氣，我是無心的！

孫：老太爺，要是總和你生氣，我也早得上氣喘啦？

義：哈哈！哎，怎麼趙家那些孩子們，一點聲音都沒有哪？

孫：人家托兒所的孩子，都是在八點以前才來呢？

義：趙太太開這個托始所很賺錢吧？

孫：可不是？有孩子的職業婦女，那個不都是把孩子送到托兒所裡去，趙太太眞有眼光，就咱們這一帶的小孩，就可以維持得住啦！

義：怪不得趙太太那麽心廣體胖的呢，走起路一跩一跩地。

孫：（笑了）又挖苦人家，趙太太是個好人，濟公好義，愛管閑事，愛幫忙！

義：我那敢批評你們太太團呀！吃早飯吧，我也該到法院去！

孫：（一邊弄碗筷）我們太太有團，你們先生還不是有團……

義：我除了和趙科長聊聊，隔壁那位錢守禮，我就沒興趣和他答腔……

孫：我們右鄰李會計師的太太，就不在我們這一團裡，人家是什麽學校的教授，恐怕和我們這些家庭婦女談不來……

義：這就是所謂話不投機半句多……今天的稀飯很濃，換了米了吧？

孫：我想燒稀飯用蓬萊米比較好喝，事前沒和你商量，你不反對吧！

義：嘿嘿，這叫「先斬後奏」還商量什麽呢！

孫：反正爲了妳好，你就是怪我也沒辦法，打個鷄蛋在飯裡吧！

義：不不，留着做個菜吧！

孫：老太爺，你這個富貴病，要營養好才能喘的輕呵！

義：算了，我還抗得住。

孫：抗得住什麽，瞧你頭都累禿了，早晨起得早，晚上還看那麽多公文，夜裡又睡不好，再不加營養……

義：菜吃好一點還不是一樣。

孫：一樣？一樣沒窮漢了！

義：你慢慢吃吧，我到巷口去等交通車了，呵，你把給人家織毛衣的工錢，匀出一點加菜吧！你想想，光叫我自己營養，你和孩子們，我怎能吃得下？

孫：快！交通車要來了，再囉嗦就趕不上了？

義：好，我走了！

錢：唉：

——音樂。

——鷄鴨聲。

——托兒所孩子們的鬧聲。

——電唱機大聲放着流行唱曲。

孫：錢太太，錢太太，還沒起呀，今天要不要替你帶菜呀？

錢：孫太太，你早哇！

孫：不早了，快九點啦！你收音開這麼大聲做什麼？喊你都聽不見！

錢：我故意開大的，隔壁趙家的托兒所太鬧了，從他們開辦以來，我就從來沒睡過好覺眞煩死啦！

孫：起早點身體好，反正也沒事，晚上可以早點睡。

錢：晚上怎麼能早睡呀，我們那口子是屬夜貓子的，每天在外面不應酬到九十點鐘，就別想回來，有時候又帶來一大堆朋友，打打小牌，吃吃霄夜，就快天亮了，我還怎麼睡覺呀！

孫：你們錢先生人緣好，像我們志義，就少交遊，他說這樣外面的關係少，辦起案來方便，有時托人情的太多，影響自己的判斷力。

錢：來喝杯冰牛奶吧！

孫：早晨起來吃冷的，我可眞不習慣！

錢：這樣衛生呵！人家外國人都吃冷的，再說吃冷的，卡洛里少，就不會發胖。

孫：你又置財產吧？這個大冰箱是分期付款的吧？

錢：分期付款多麻煩，我們那口子就是這個脾氣，說買就買，一萬五乾脆！

孫：呵！一萬五呀！

錢：怎麼樣，不貴吧！

孫：呵，不貴，這叫我們志義，要幹一年多，才能買得起呢？

錢：你就太老實，什麼事，你也得做點主，他自己在法院做事，那個當事人隨便送一點，就頂幹一年的，何必自己苦自己呢？

孫：嘿，我們那位，可不能和他說這個，他不打我才怪呢？

（趙太太走近來）

趙：誰敢打我們孫太太？

孫：快來，趙太太，錢太太正罵你呢？

趙：我曉得他罵我什麼？一定又是我托兒所的孩子們，吵了她老人家的覺啦。

錢：趙胖胖呀，我還十八呢？別叫我老人家啦！

趙：你怎麼又叫我趙胖胖？我那兒是胖？我只不過體重較比你們多一點就是啦，像孫太太，就瘦得不對勁了！

孫：哎呀，你們說相聲，怎麼又扯上我，我已經老了，不能提了！

趙：（爽朗的大笑起來）我們倆都別提了，我們這一帶的大美人在錢家裡呢！

錢：又挖苦我，我可眞要把竹籬笆改成水泥牆了，以免叫你來來去去這麼方便，罵人也方便！

趙：我還是那句話，可千萬別改，多氣悶呀，這樣把小門一打開，就跟一家子似的又方便又有個照應，妳家下女總是三天兩頭走的，就是有下女，只要妳前門出去，她就打後門溜，我跟孫太太整天都不出門，給妳順便看個門還不好。

錢：瞧瞧，趙太太這個嘴可眞厲害，我說一句，她說了這麼一大筐！

孫：別鬥嘴了，要我替你帶什麼菜，趕快說吧，我要上菜場了。

趙：還不滿意呢，我給你看家，孫太太替她買菜，這麼好的下女，到那兒去找呵！

錢：孫太太，你看看趙胖胖不看孩子，跑到我們這兒來找樂子來……

趙：我的那些孩子有褓母照顧，我偸空來看你不對啦？

孫：你們倆是寃家，快說買什麼菜，我還趕回來聽廣播劇哪！

錢：買斤牛肉，猪肝半斤，明蝦一斤，黃魚六條，其他配上靑菜，就得了，馬虎吃點吧，菜市場眞沒菜好買，我們那口子嘴又刁。

趙：你這些菜營養太多了，兩口子買那麼多做什麼？

錢：唉，人生在世還不是吃吃喝喝，留着錢做什麼？

孫：那是你錢先生會賺錢，你才會花錢，像我們一天十五塊錢的菜還勉强的很呢？

錢：你們趙科長還不滿有辦法。

趙：別提他啦，槓子頭一個，得罪不少人啦，要不是生活艱難，我也不會想起開辦托兒所！

錢：孫太太等會走，趙太太喝杯橘子汁，來看看我昨天買的兩件衣料。

趙：這冰箱什麽時候買的？

錢：前兩天買的，我們人口少，買個小型的馬虎的用吧！來，看看我這兩件衣料漂亮不？

孫：趙太太看吧！我不懂貨，也不懂價錢，土包子一個。

趙：這是新出的料子，多少錢一件？

錢：並不貴，昨天逛拍賣行，順手就買回來了，兩件才一千八！

孫：呵！一千八！

錢：一千八不貴呀！有一件賣兩千五，花色不太好，我就沒要。

趙：呵！這兩件很漂亮！很配你白白嫩嫩的皮膚，水蛇腰，大屁股，穿起來「加水」呀！（「加水」是台語漂亮的意思）

錢：又來了！我忘了不讓你看啦！看完了又損人！

孫：哎喲！我得去菜場啦，你們倆聊吧！

趙：我也不聊啦，我的孩子們該吃第二次點心的時間了！

錢：好！回頭見，噢！孫太太，你菜買回來，要是我不在家，叫秀玉放在冰箱裡好啦！回頭我去你家謝謝！

孫：謝什麼？回頭見！

趙：再見了！錢太太！（脚步聲去遠）

錢：回頭見！哼！這兩個女人討厭死了！人家買點什麼，他們都覺得貴！貴！誰叫你們男人不知道賺錢，活該！

音樂——

義：喂！太太！快來！

孫：做什麼呀！

義：快！拿五塊錢給我，門口有賣西瓜的，十塊錢一個公教瓜，不包開的，我買了半個，吃完了飯，我們也來個飯後水菓。

孫：半個？夠誰吃的，還不夠咱們那三個小的搶的。

義：分而食之，你把西瓜拿進去，我去送錢。

孫：你快歇會兒吧！我去！阿忠呵！去送西瓜錢！

聲：哎！

義：剛下交通車有什麽累的？

孫：休息會兒吃飯！

義：今天出庭可眞累！

孫：你那一天都不輕鬆，又帶回來這一大堆文件做什麽呀！

義：我要吃飯，休息一會，腦子清楚了，再研究研究，說不定什麽地方有差錯，自己的筆下一錯，寃枉了人，可不是好玩的！

孫：法院又沒給你雙薪，在外面辦公，在家裡也辦公，眞是少見你這樣的人……

義：好，在家裡，最好咱們別談公事，你不瞭解是怎麽回事，總是不滿意我替公家多做事！

孫：多做事，多拿錢，這才公平，你每月薪水來糊口都不夠，還說什麽？

義：一個人做事，最要緊的就是於心無愧，尤其是做法官的，你要維護司法尊嚴，也要維護人權，伸張正義，當年我決定學法律，而從事這種工作，就抱定了決心，要做清廉的法官，否則，每個人都在混水裡摸魚，世界上還有正義嗎？（咳嗽）

孫：我也沒有鼓勵你去貪污枉法，你又急什麽？

義：聽你說這些話，就是怨我沒像其他人一樣的搞錢，你不鼓勵，也就是無形中逼迫，眞有一天，我貪污出了事，你怎麼辦？

孫：我沒那個意思，我只是說：我們的日子太艱苦，光憑餵鷄鴨，貼補生活……

義：這叫自食其力，不求人，不枉法，自得其樂，窮並不可恥，丟人現眼，叫萬人指罵，那才叫可恥呢？

（錢守禮先生由遠而近）

禮：什麼可吃呀！今天孫太太是不是加菜？

孫：呵！錢先生來了！請屋裡坐，我們家你難得來呀！

禮：孫先生回來了吧！交通車早到了！

孫：回來了！志義，錢先生來了！

禮：孫先生……

孫：人家錢先生不輕易來一趟，你怎麼……

禮：沒關係，我們是老鄰居，不要客氣，不打擾你們吃飯吧？

孫：沒有！沒有！我們還等一會吃呢，你怎麼有空來我們家玩兒！

錢：哈哈！我是無事不登三寶殿，我來找孫先生商量點事……

孫：呵！志義！錢……

義：（冷淡的）呵，錢先生請坐，我有點累，不招呼你……

禮：沒關係，咱們老鄰居還客氣什麼！呵！孫太太，你忙飯去吧！我和孫先生談談！

孫：那你坐，喝杯茶，來我家，只有淡茶一杯招待，不像你們家什麼都有……

禮：那裡，那裡！都是一樣！哈哈！你忙吧！（稍停）孫先生，上午我在電話上託那件事怎麼樣？怎麼樣？

義：守禮兄，我希望你能原諒我，不能幫忙。

禮：你是不是數目方面不滿意呢？你可以把你的意思說一說，我再轉告他可以嗎？

禮：這種貪污枉法的事，我沒考慮的餘地，我孫某人不是那種人！

禮：孫先生，何必這麼志節呢？法律不外人情，能通融的就通融一下，你在筆下稍爲留一點情，法理人情都兼顧到了，當事人不受大的損失，你嗎？也可得點外快貼補貼補，大家以後場面上都還得見面，何必樂而不爲呢？

義：假使做法官的都像你這種想法，那老百姓還依靠什麼？天下還有公平的事嗎？有錢就可以使黑的變白的，可以使非變成是，我們司法的眞理，還能存在嗎？

禮：（不自然的笑）哈哈，你不要教訓我，你老兄的清廉作風，是名揚司法界的，可是就此一次，下不爲例！怎麼樣？誰叫你是我的鄰居呢？人家託我來找你！

義：我不開貪汚的例！

禮：人家貪幾百萬的例都開了，你這十幾萬元數目，用兩個手指頭就檢過來了！

義：就是因爲有那麼些貪圖小利的份子存在，所以我們司法界更應該維護法令，那些貪圖小利的份子非剷除不可！

禮：你別發言論了！我是受人之托，忠人之事，這案子是你經手，咱們是過去在中學唸書是同學，現在是近鄰，我是看着你的日子難過，想幫幫你的忙，沒想到……

義：謝謝你，你的好意我領情，你要我幫這種忙，辦不到！

禮：老孫，你能忍心看着當事人名譽，財勢全部破產嗎？

義：當初他能顧到名譽，顧到別人的利益，他就不會做這種傷天害理的事！

禮：那他要被判六年，他什麼都完了！

禮：六年，對他是個小小的教訓！

禮：那你就算幫小弟的忙怎麼樣？我老錢可不是輕易求人的人呵！

義：那麼錢先生，你一向是愛貪小利幫犯法的人的忙，你自己去做吧！不要拖人下染缸！

禮：哎！你簡直是不識好人心嘛！

義：我是不近人情，你是好人！虧你也是在社會上做事的！社會的風氣，就是叫你們這些害羣之馬弄壞的！

禮：你駡我害羣之馬？

義：你出去！我家裡不歡迎這種客人！

孫：怎麽啦！志義！

禮：孫太太，你瞧，我是一番好意，孫先生竟火兒了！連我都駡起來了！

義：我不但駡，我還要檢舉你！

禮：那叫生財有道，一個願送，一個願要，公平交易，我替他們出力解決做事，誰也不吃虧呀！這怎麽叫貪污呢？孫太太，你說說老孫這種態度對嗎？

錢：孫先生，你別在意，志義有點累了……

義：我們男人的事，你少插嘴！

禮：好好！老孫！改天再談！別動火氣！我們都是老同學，好鄰居，爲這點小事鬧翻了臉不好意思！我走了！

孫：錢先生，眞對不起，志義身體不好，脾氣也大……

義：你囉嗦什麼？飯好了嗎？

禮：好好，你們吃飯，我走了！呵，老孫，我盼你還是考慮考慮！十萬塊不少哇！夠辦好多事喲！

義：出去！出去，以後我們少談！

禮：好好！我走了！再見！

孫：志義，你這個脾氣真要不得，以後怎麼見面？

義：我以後不和他見面！

孫：大家又是近鄰……

義：你有個完沒有？

孫：唉！你呀……

義：吃飯！我餓了！

（音樂）

錢：孫太太！在家嗎？

孫：呵！在，在家！錢太太！來坐嗎？

錢：你沒出去？

孫：我難得出去，整天家裡事都做不完，那兒有空兒出去？你打扮這麼漂亮，是上那兒去？

錢：看電影時間還早，順便過來看看你。

孫：你今天是一身綠嗎？怎麼連指甲都染綠了？怪吓人的……

錢：今年流行綠色，呵，孫推事上班啦！

孫：嗯！昨晚咳了一夜，今天還得去開庭！

錢：為什麼不找好點的大夫瞧瞧呢？

孫：好大夫？名醫？錢呢？

錢：放寬點心，吉人自有天相。

孫：唉！

錢：孫太太，這是什麼時候的照片呵，你好美呀！

孫：那還是我們結婚十週年的紀念照片？我那個大孩子，要不是在抗戰時期沒了，現在都該讀博士啦！

錢：你那時候好美，高鼻子，大眼睛，孫推事也年青多了，你比從前判若兩人啦！怎麼回事兒？

孫：怎囘事呢？還不是爲窮，再加上孫推事的富貴病，讓人煩心呀！

錢：呀！堆這高的卷宗？孫推事在家還辦公？

孫：可不是，他說休息完了頭腦會清楚！

錢：那眞是太累啦！一樣的做事，我家老錢怎麼就沒像他這麼忙呢？我從來沒看見他拿一張公事囘家辦過？

孫：那是事情不同機關不同？他說法律問題比較複雜。

錢：孫推事也太認眞了，有些地方得馬虎就馬虎，自己健康第一

孫：他是絕不肯在這上面馬虎了一點兒的，有時候睡到半夜，忽然起來扭亮電燈作判詞，他說趁着一下子研究清楚了，就寫，免得白天一疲勞又搞糊塗了！

錢：眞是何苦來？趙科長也是公務員，不是比他閑得多嗎？

孫：可是聽趙太太說，趙科長辦公事也極仔細，眞是一絲不苟！

錢：哼？什麼一絲不苟？還不是假做緊張，呵，孫太太，你看他們過得多寬裕。

孫：那是因爲趙太太辦托兒所收入不錯。

錢：這恐怕只是一種掩護，哼，這年頭，除了你那位推事，法官沒那個有那麼呆板的，你看趙科長，那副紅光滿面的樣子！如果不是有辦法，怎麼會供兒子出國留學？眼

看這個二個兒子又要出去，那兒來的錢呵？

孫：錢太太，你可別這麼說，人家趙科長可眞是正正派派的好公務員，在我們這條街上，他的清廉是出名的。

錢：那不正合你們家的窮，病出名一樣嗎？嗯！我眞想不透孫推事在這些卷宗裡面就找不出一點辦法嗎？

孫：你說什麼？

錢：我說關於辦案，孫推事就這麼一板一眼到底嗎？

孫：那當然啦！

錢：告訴他，別這麼傻了！這年頭傻子活不了！

孫：呵？

錢：看你們逢年過節，也沒個人送點禮，未免太把自己搞清苦了！

孫：我們從來不收禮，有一年，一個人送了隻火腿，兩罐香煙，我們那位綳着臉給退回去了！

錢：孫太太，我還是勸你那句話，有些事，你也拿點主意，可收的就收下，何必那麼死板呢？還是現實點好，人總得活下去！

孫：不成，這我是絕對不敢的，我想他當了這多年的司法官，能守得這個清名也着實不容易，我做妻子的是要成全他的！

錢：清名？你也是個大傻瓜，司法官怎麼就該特別清呢？那麼行政官呢？依我看，無論大小官，自身應有的權利是不能放棄的，有權就有利，你知道嗎？像我們那口子在公司當總務主任，他就……

孫：錢太太，你的學問太深了，我沒你想得那麼多。

錢：還是勸勸孫推事活動點，你們的孩子都還小要多爲他們想想才對！

孫：唉！走着瞧吧！想多了也沒用！

錢：我看電影的時間差不多了！我要走了！我還得去換點美鈔，最近美鈔也不漲價，拾塊才換四百多塊台幣，轉眼就花的差不多了！

孫：是呀！現在的錢，不值錢！呵，錢太太，你兩盒肉鬆怎麼不帶走呵。

錢：那是送給你們吃的，我們家的禮物吃不完，送一點給你們下稀飯！

孫：哎！那我不能收！

錢：你緊張什麼呀！我這又不是當事人給你送禮，你怕什麼？

孫：不，不是，你常常送些小東西給我們，眞過意不去！

錢：那麼你有時候替我帶菜，跑菜場，我是不是該付你車馬費呢？
孫：呵！不是那麼說……
錢：別說了，一點小意思，別算的那麼淸楚！
孫：那就多謝了！
錢：唉！孫太太！前兩天我們老錢得罪了孫推事，還要請他多原諒呵！
孫：我們這位說話也不好聽——過些時候就會好的。
錢：我走了！孫太太，你有什麼菜，拿到我們冰箱裡冰冰吧！這樣菜新鮮！
孫：不用了，我們也沒什麼菜可冰！
錢：再見。
孫：再見！唉，錢太太才是個有福人呢？不愁吃喝，又沒孩子，整天玩，那種日子，恐怕我不會有了！

（音樂）

敲門聲

孫：誰呀！
聲：是我請開門。

（開門聲）

孫：請問你找誰？

聲：請問這兒是不是孫推事府上。

孫：是的，你貴姓？

聲：呵？我？我是特地來拜候他的，你是孫太太吧！

孫：是的，孫推事不在家。

聲：呵？那，眞不巧，這樣吧！這是我的名片，等他回來一看就知道我是誰了，這兒兩盒點心，是送給你家少爺們吃的！

孫：不不！我不認識你，你還是改天來吧！

聲：沒關係，小意思，我改天來看他好了！再見！

孫：喂喂！不行不行！你把東西帶回去，喂喂！這個人眞奇怪，送東西幹嘛這麼匆匆忙忙的？丟下就走！（關門）回頭志義回來了一定會罵我收人家的東西，這是兩盒什麼點心？（打開盒子）綠豆糕？呵？這是什麼？鈔票？美鈔！天！這麼多！一百元一張的！十張！十張換多少新台幣？錢太太常換，她知道，這要會買多少東西呵！我們這些破桌子爛板凳，都可以換上和錢太太那樣的漂亮沙發了！志義坐的破籐椅，也可以換把沙發轉椅了？糟糕！這是賄款呵！這是紅包呵，我要是收下是害了志義嗎？眞該死？我眞窮瘋了嗎？這樣見錢眼開？可是！錢太太說——「錢：有些事你也可做點主，可收的就收下來，何必那麼呆板呢？人總得活下去呀！」

孫：人總得活下去！收了這些錢是不是就過得心安理得呢？唉，我們的家，是需要些錢，才能改變我們的現況的！家裡的伙食，孩子們衣裳都該換了，尤其是志義的病，有了錢，營養好，就可以減輕！不行，這是昧心錢，也不知道是辦什麼案子的？收下不告訴志義？不行，我對他從來沒說過謊！要不，告訴他，勸他收下，可是，他做了虧心事，以後怎麼能公正處理案件？我記得趙太太說：

趙：「不做虧心事，不怕鬼叫門，窮一點算什麼？人窮志不窮！」

孫：唉！人窮志不窮，再窮下去志都沒有啦！

（敲門聲）

孫：（驚）？呵誰？誰叫門？

趙：我呀！

孫：你是誰？你貴姓？

趙：是我，趙太太呀，你怎麼連我都聽不出來啦？

孫：呵，等一會就來！先藏起來，等一會再說！來啦！
趙：（門開）你怎麼啦，連我的聲音都聽不出來啦？
孫：那裡，我！好像聽着不是你的聲音！
趙：你怎麼啦！不舒服嗎？臉上的顏色不對！
孫：沒有……！進來坐！（關門）
趙：我給你們送點東西來吃！
孫：謝謝你。
趙：你嚐嚐我自己做的蛋糕好不好？自己做，比買店裡的便宜多了，我們那些孩子們吃的又多，還有，這兒是一小條高麗參，是朋友從韓國帶來的，送給你們孫先生一點補補。
孫：你們留着吧，很寶貴的。
趙：我們趙先生身體好，用不着再補了，我更用不着了，哈哈！
孫：唉！
趙：怎麼，眞的不舒服？
孫：不是的，我心裡不舒服！

趙：有什麽事？可以告訴我嗎？

孫：我！也說不出來！趙太太，你若是捱苦日子，心裡也會抱怨？

趙：怎麽不會呢？女人心眼窄，總是免不了的！

孫：你也想發一筆財，鬆口氣嗎？

趙：也會做這種夢的，可是平白的怎麽發得了財？愛國獎券期期買，可連十塊錢都很少中。

孫：不！我是說，如果有人送——一筆錢給你呢？

趙：送一筆錢？你是什麽意思？

孫：比如像錢太太，她怎麽那樣舒服，那樣有辦法呢？

趙：噢！原來你在羨慕她呀！

孫：人總是人，誰不想過好日子呢？

趙：人比人氣死人，我告訴你，我們還是圖個心安，像錢先生那樣，早晚要出事的。

孫：可是錢太太說，人總是現實的！

趙：現實？犯了法坐監牢也是現實的，她想到沒有呢？你今天怎麽啦？儘說這些話？

孫：沒什麽，我只是覺得有點不公平，你看，多少窮法官老了，病了，死了，他們默默的，無聲無臭的倒下去，身後肅條得連喪事都辦不起，子女的教育費更成問題，爲什麼您？爲什麼受罪的就該怎麼受罪呢！

趙：孫太太，你別難過！唉！我也沒辦法解釋，我只相信老趙那句話，萬事要求良心過得去，不然的話，什麼事不好做呢？孫太太，我總認爲善有善報，惡有惡報的。

孫：可是志義半生淸廉自守，却累得一身的病，善報又在那裡呢？

趙：眼光放遠點，孫太太，窮，病，困難，總是免不了的，我想起抗戰時期在貴陽，過了整五年的苦日子，那時候兩個孩子還小，我自己又病，天天還跑警報，逃小日本鬼子，老趙每天要步行好幾里路去上班，一次轟炸過去，誰都不知道誰還活着，比起那時候，現在就像天堂裡一樣了，所以我勸他不要灰心，好日子總會來的，你心煩，是因爲孫推事的病，只要對症下藥，安心靜養，很快就會好的。

孫：唉！安心靜養？怎麼叫他安心靜養呢？

趙：如果差錢，我先借點給你，日後再說，你不要放在心上，我回去了——呵，孫太太，你可千萬糊塗不得，俗話說，家有賢妻，男兒不遭橫禍，你想想是不？你精神不好，休息休息，或者到我那邊聊聊就好了。

孫：謝謝你！趙太太，我不送你了！

趙：左鄰右舍的，還送什麼，我走了！

孫：家有賢妻，男人不遭橫禍——

音樂——

孫：志義，這是那個人的卡片，你認識他嗎？

義：他來做什麼？

孫：他來送禮，喏！兩盒綠豆，十張一百元的美鈔！

義：什麼？他送紅包？

孫：我不知道該怎麼辦，一切都聽你的意思——

義：哼！這傢伙，送紅包給我，他看錯人了！

孫：志義，你——認爲怎麼辦好呢？

義：怎麼辦？

孫：這是怎麼樣一件案子呢？

義：你別問了，噢，你把東西原封收好，外面再包一張紙，蓋上我的圖章，我馬上拿到法院報告院長去！

孫：你現在就去嗎？

義：嗯！你安心做飯吧，我就會回來的，孩子們也快回來了，你——你不會想我是個是傻瓜！錢來了向外推？

孫：我不那樣想！

義：你瞭解我這樣的心意嗎？

孫：我懂！

義：那就好了！

（隔壁傳來夫婦吵架的聲音）

錢：錢守禮！你不要騙我，你弄的錢都放到那兒了！

禮：你管不着，我弄的錢，愛送誰就送誰！

錢：今天你不說明白，我就和你拼命！

禮：拼好了，拼死了大家都算完——（錢太太哭聲）

孫：錢家吵架，這是家常便飯——包好了，你送去吧！

義：那我走了，我盡快趕回來吃飯——

孫：不要趕了，你氣喘病急不得，給你留飯好了——

義：好：好——（遠）

孫：唉！只有如此，才會心安理得！

音樂

（電話鈴聲）

錢：喂！我是！你個死鬼，你昨天又到那兒去了！一夜不回來！——什麼？出了事啦——出了事啦？哎呀！那怎麼辦？你個死鬼呀，我叫你小心小心，你看，倒底出事了——你現在在那兒？你已經被——（要哭）——叫我去——叫我去幹什麼——還要偵察我？——好好？我就來！（放下電話）唉！真倒霉，這是什麼人告的密，秀玉！

聲：來啦！

錢：我有事出去一趟，不要等我吃飯！

聲：是啦！先生回不回來吃飯！

錢：不回來！

聲：是啦！

音樂

孫：錢太太，起來沒有？今天帶什麼菜呀！

聲：我們太太出去啦！

孫：呵，今天這麼早就出去啦！

聲：說是有事情！

孫：那我從這邊過趙太太那邊去——趙太太！早呵！

趙：早！你怎麼早晨過來啦（較遠）

孫：我去錢太太那邊，問她帶什麼菜，可是她這麼早竟出去啦！還不到八點半！

趙：還帶菜啦，他們錢先生出了事啦！

孫：出了事兒啦？

趙：是的，他們公司停職命令都下了，人已經送法院了——

孫：眞的，究竟怎麼回事？

趙：不太淸楚，說是有什麼人送了他們電器冰箱，有人告密，經調查事證確鑿，又找出許多許多其他的案子。

孫：電氣冰箱？錢太太還得意洋洋的告訴我，是一萬五，不分期付款買的呢？

趙：哼！誰知道是眞是假呀！

孫：唉！趙科長你早……

仁：孫太太早！今天禮拜天，出去買菜也早……

孫：是呀！否則選不到好菜！

趙：正跟孫太太說錢守禮的事兒，錢太太聽說也被傳去了。

仁：哼！貪污受賄，該當何罪，錢守禮也太不守份，就知道弄錢。

趙：可惜倒是個極聰明的人才。

仁：什麼人才？敗類，社會上的敗類！

趙：你也先別這麼說，在事實還沒調查清楚之前，也許是寃枉的呢？

仁：貪污犯法，是社會的害羣之馬，應當科以重典，不然的話，簡直沒救了。

趙：安仁呀，你散你的步去吧！我和孫太太上菜場。

仁：嗯！孫太太，孫先生怎麼樣？氣喘輕了點沒有？

孫：呵——好多了，謝謝你掛心！

仁：你認為像姓錢的這種的人，是不是應科重典？

孫：哎——是的！

趙：安仁，你出去吧！孫太太身體也不太好，我們買了菜，好早回來休息！

仁：好，孫太太，代我問候孫先先，我們在一條上街上住，每天各忙各的事，倒很少見面，回頭見！

孫：謝謝，回頭見！

趙：走吧！

孫：你整理好啦！

趙：老太婆啦！有什麼整理的，不像人家錢太太，每出門，得先費上一兩个鐘頭化裝——唉——現在我們要聽她哭了！

音樂

（遠遠傳來錢太太哭泣聲）

孫：唉！這就是現實呀！當她化錢的時候，她想到沒有呢？

義：你一個人自言自語些什麼？

孫：沒有，你聽，錢太太哭了一天！

義：聽說有些錢，她放出去收高利貸，一時收不回來，看晚報吧，上面說的很詳細——

孫：——錢守禮不守禮，伸手亂要錢，案因關係人自首而揭發，主管當局下令停職移送法院——報上還有呢！（唸）推事孫志義——什麼？你怎麼也上報啦？

義：什麼事呀！

孫：噢！是說你好的，嚇死我了，我以爲你——（唸報）推事孫志義臨財不苟，拒受巨額賄款，上峯特傳令嘉獎——呵，志義——你——

義：這兒還有一張公事，你也看看吧？我帶回來的。

孫：呵？公事？（唸）「查本院推事孫志義，拒受當事人巨額賄款，並將原物繳案偵察，該推事廉潔自持，具徵清操，足樹楷模，經層奉部令特予嘉獎一次，以資激勵」。

志義——你…………

義：這是我第一次在家裡和你談公事！

孫：志義！這樣——看起來——天下事應該還是公平的。

義：（輕輕一笑）哈哈！

遠遠又傳來錢太太的哭聲——

天平上

導演：崔小萍
配音：李　林
錄音：林源邦
報幕：歐陽天

孫推事：宋　屛
孫太太：趙雅君
錢主任：孫　杰
錢太太：劉引商
趙科長：歐陽天
趙太太：白　銀

全權教師

日本：佐佐木邦小說
中國：丁祖望翻譯

全權教師

人物

姐姐——劉蘭
姐夫——金寶田
舅舅——劉芒
兒——金元寶（行大）
——金小寶（行四）
女——金有金（行二）
——金有銀（行三）

人聲效果：
周管家
黃毛

李阿龜

劉：各位好，今年的夏天可眞熱，轉眼暑假又到了，你家裡請了家庭教師沒有？爲孩子們補習功課準備他升學？我也爲了想多存點錢，預備明年考留學用，所以也兼了教家館的工作，一天忙到晚，這麽熱天，眞不好受。可是我姐姐又來了好幾封信催我，一定讓我辭掉別的家館，去教她那幾個寶貝！唉！你只要聽聽他們的名字，你就知道，他們眞是名符其實的寶貝了！兩男二女，從頭數起，金元寶，金有金，金有銀，金小寶，「娘舅」，「娘舅」，姐姐的事我怎麽能袖手旁觀呢？不管時下金錢如何萬能，我總不能沒有手足之情，最後我還是去了。

（音樂）

姐：呵呀，我的好弟弟，一連三封信才請到大駕，可眞不容易呀！

劉：向親愛的姐姐報告，一來，我的功課很忙，二來，是因爲府上門檻太高。

姐：這話怎麽說？

劉：彼此身份不同呀！

姐：我們沒得罪你呀，你怎麽會這樣想呢？

劉：坦白些說，我對你們頗有反感。

姐：反感？

劉：首先我對你們的大門就着不慣，太像暴發戶。

姐：呀！

劉：再瞧瞧你們的門牌吧！戶長「金寶田」！又是金，又是寶，還都是你們家旳田，全是銅臭，叫人一看，就要退避三舍，不敢領教，單這名字就給人一種追求金錢的感覺……

姐：那是你姐夫他父母從小給他起的，有什麽辦法呢！你又不是相面算命批流年，你管他名字幹什麽呢？我是叫你來教你的外甥讀書呀！看吧，一進門說不上三句話，就批評起來了。

劉：所以我不來呀，這就叫無事兗登三寶殿……

姐：好啦，弟弟別總給老姐姐抬槓，你現在看不起金錢，以後你就懂得金錢的用處，你姐夫做生意爲的什麽，還不是爲了錢，不然買這房子，吃飯穿衣，孩子讀書，那一樣少了能行得通？就說你吧，你去教家舘還不是存錢準備考留學？

劉：我是「錢以致用」，不像貴家庭一樣，都像把錢貼在腦門上，目中無人，錢能通神，那種俗不可耐的生活方式。

姐：弟弟，你是怎麽啦！幾次三番的請，這請了來就挖苦人，你是熱昏啦？

劉：沒有，爲了預防，剛才我吃了一盤清冰來的。

姐：老是觸人心痛，這習慣眞要不得。

劉：姐，我表示抱歉，談「正題」吧！

姐：唉，我請你來，有一件重要的事。

劉：錢？

姐：又打「拳」，是孩子們的成績太差，我怕他們考不上學校，想請你幫幫忙。

劉：唉，反正金寶田的孩子決好不了！

姐：你是故意傷人心嗎？

劉：沒有，我是「秉性難移」愛說刻薄話，你繼續說。

姐：元寶和有金今年暑假升高中，有銀升初中，二寶要考高小，一家碰上幾個孩子，同時考學校，那眞是比什麽大難都難過呀，我們從前在大陸上，那還有上學難的問題？只要有錢，就能有學上，現在考個私立中學，都得先塡第幾個志願呀！

劉：可見錢也有不中用的時候，請繼續。

姐：上次元寶的學校來通知，叫家長去談話，你姐夫就派行裡的總務關先生去了，回來說是成績差一點，所以我想……

劉：問題就在這兒了，你們做父母的負什麼責任？派總務去，又不是看房子買傢具，再說元寶又不是他的兒子！

姐：你姐夫的出口行事忙哪，假設自己離開一小時，說不定就損失多少錢……

劉：我這就沒話說了，錢比「兒子」重要，其他呢？有金，有銀，二寶？姐姐，先原諒我說一句話，你和姐夫眞是貪得無厭，出產這麼多幹什麼呢？生而不教……

姐：那是「另一個問題」，我們也沒辦法，你還是聽我說好不好？有金功課中等，可總是佔全班人數的最後幾名，有銀呢，功課是差不多趕得上，可是不加點油用功，就——

劉：就離留級不遠了……

姐：二寶最好了，聰明玲俐，好像他哥哥姐姐的智慧都集中在他一個人身上似的，我最疼他了！

劉：也是最會淘氣的，可是一入中學，說不定像元寶一樣，變成低能兒。

姐：弟弟，我眞想不到你對這個家庭這麼嫌惡！

劉：我敢保證，到目前爲止，尙未到嫌惡的程度！

姐：那怎麼一句好話不說呢，你的外甥們都變成低能兒對你又有什麼光彩呢？

劉：因爲覺得沒有光彩，所以我今天才決定來的呀！老實說我何嘗不因爲孩子們的成績欠佳而代姐姐擔心？姐姐，你別生氣，我這只是預言，並不是保證，因爲愚笨的程度是和年齡成正比的，而聰明的程度正相反，小的時候還可以，長大成績就退步，這證明家庭教育有問題。

姐：你是說我們做父母的心地太壞？

劉：不是，心地也許不壞，而是方法錯誤。

姐：現在可說到正題了，用你不錯誤的方法，來管教管教他們吧，至於報酬方面，我們依照你們的要求。

劉：你們這個家，眞是金錢萬能，所以你們認爲學問也能用錢購買。

姐：現在做事那有不要報酬的，「論件計酬」就是親戚也不能例外呀。

劉：姐姐我來的時候就有個決定，爲了姐姐的孩子們，我可以不要任何報酬可是我不能沒有「權利」否則，只有教師的義務而無權利，我就不能應聘府上的家庭教師了！

姐：那當然了，所以要在物質方面給你一些報酬呀。

劉：我不是這個意思，我有自己的條件……

姐：說吧，什麽條件？多少錢？

劉：姐姐，你要是總提錢，那我開出價來你別害怕，這樣吧，每個孩子一千元四個四千，是否應聘，我再考慮。

姐：四千？一年？

劉：姐姐，我是說一個月！

姐：你又開玩笑了！好好！不說錢，不說錢！說說你自己的條件？

劉：全權家庭教師！

姐：什麽？全權家庭教師，現在流行這個嗎？

劉：不是，我現在發明的，「全權」兩個字，就是完全的全，權利的權，家庭教師要有「完全的權利」否則家庭生活影響學生課業，老師是白費心血，無能爲力。簡單說，就是遵照我的指示行事，孩子們不用說，你和姐夫，也要絕對服從我的意旨。

姐：我沒問題，恐怕你姐夫……

劉：那我只有抱歉了……

姐：好好，我全部答應！

劉：如果姐夫對孩子的教育，確實認眞的話，他一定會同意我的看法。

姐：他會的，他會的！

劉：我想他知道我用這樣方法教育他的孩子，他會丟下行裡的買賣，馬上回家來找我談的。

姐：一定會！一定會！

劉：姐姐，打電話請姐夫回家吧！

姐：哎呀！弟弟，你眞厲害，好好？我就打電話！（撥電話）………

（音樂）

（低聲的）

姐：你可回來了！他已經等得不耐煩了！

（大聲的）

夫：他答應了？

姐：好不容易才答應，可是他要權。

夫：要錢嗎？那沒問題，沒問題！

姐：小聲點，他要全權！

夫：全錢？全錢是什麼錢？

姐：你怎麼不懂國語發音呢？全「權」，如果沒有完全權利，他拒絕答應，你千萬要答應他，否則，我們這些太保太妹眞沒辦法請到家庭教師了！

夫：全權！呵，條件苛刻，他要多少錢呢？

姐：千萬不能提錢，不論他說什麼，你順着他，千萬別和他抬槓。

夫：不提錢，眞是大問題，我從來沒遇到不提錢的問題。

姐：來吧，他在客廳裡，（大聲）弟弟，你姐夫趕回來了，他行裡正忙着呢！

夫：眞感謝，眞感謝，我聽你姐姐說，你答應替我管這些……

劉：姐夫，你好，你能回來，眞意外！

夫：哈哈，我也意外，所以我今天感覺到一切都很新鮮，很新鮮！平常我回來他們都睡了！

姐：（低聲）給弟弟說全權拜托的話呀！

夫：呵？是的！是的！關於小兒小女的功課，生活，我是全權拜托！全權拜托！哈！

劉：姐夫，我有句話，要預先說明，記得以前你曾說過，學問根本不管用，行裡錄用的大學畢業生，工作效率連一個學徒出身的夥計也趕不上，這話是不是正確的。

夫：噢，我說過嗎？

劉：說過。

夫：那眞是失禮之至！

劉：請想想，做父親的公然宣稱學問沒用，還能希望孩子們有好成績嗎？

夫：可是，有些大學生也眞替大學丟人呀！

姐：（低聲）別和他抬槓！

夫：呵？是的！學問最値錢了！

劉：現在，我不是以學問賣錢，我是說，我做的全權教師，以後依照我的辦法去實行，有問題嗎？

夫：沒問題，沒問題！小兒們頑劣成性，今後還希望多加開導。

劉：不但孩子們，姐夫你，連姐姐，都應該聽從我的意思，否則我恐怕無能爲力。

夫：當然！當然！

劉：學問不値錢或値錢什麽的，以後最好不要說。

夫：當然！當然！

劉：還有，家庭中的不良份子應該驅逐！

夫姐：：不良份子？

劉：我是說那位周管家和兩個學徒，黃毛和李阿龜。

夫：他們都是我在行裡，所選出的最謹愼的人，因爲行裡和家裡的生活，是不能分開的，所以……

劉：我想他們是最能影響元寶和二寶生活的人，譬如說，教他們賭牌打彈子，看歌仔戲呀，以及逛圓環等等……

夫：有時候……

姐：（阻止）你又忘了！

夫：呵！是的！你全權！全權拜托！

（音樂）

小寶：（神祕）金，金姐！不得了啦！不得了啦！

金：什麼事這麼大驚小怪的？你是怎麼搞的？頭上又長了瘤了？

小：又打架了！怎麼搞的？這次我打破了那傢伙的鼻子！

銀：就是會吹牛，自己頭上長了角，還說是打破了別人的鼻子！

小：你不信是不是？要不然揍揍你試試！

金：二寶！你再向銀姐這麼野蠻，我給你告爸爸！

小：她惹我嗎！

銀：我惹你什麼？一家子就你一個了不起！看你驕傲的那個樣子！驕傲可以阻止進步，你懂嗎？

小：我不懂！你再多嘴，我就揍你！

銀：呸！君子動口，小人動手！小人！

小：你小人！你小人！

金：不準吵啦！你還沒說什麼事了不得呢？

小：她在這兒，我不說！

銀：你告訴我還不聽呢？

金：你再不說，我也不聽了！

小：好！我說了！小舅舅要來了！

金：他來有什麼嚴重？

小：不嚴重？他來做我們的家庭老師呀！我們那位四眼田鷄胡老師，不是叫哥哥給氣走了嗎？

金：
呵？眞的？

銀：
小：不是「蒸」的，還是「烹」的？小舅舅星期日就搬到我們家來，爸和媽跟他講好了，我偸聽媽跟爸說：小舅舅不是普通教師，要負責嚴格監督，是「前錢」

銀：前錢？是什麼意思？

小：前錢就是前錢麼！你懂什麼，他要全部負責的意思！

金：我們和元寶，都算在一起嗎？我眞怕看他那張陰沉的臉！

銀：他不教我，我都打寒戰了，要是他來……

小：反正夠你們瞧的，我沒關係，我有絕對把握升上高小，只怕元寶哥要吃點虧了！他來了！

元：唉！

金：大哥！嘆什麼氣呀！

元：要倒霉了！小舅舅要來我們家做老師了！

小：你消息倒靈通？

元：剛才我在學校門口，遇見小舅舅，我正和同學們比拳頭，他就金元寶！金元寶！直着嗓子吼！問他上那兒去，他說去看我的級任導師！

金小銀：嗄！這下子糟了！

元：我就知道，家裡人去學校準沒好事兒！我又不好不理他溜開，只好搭訕着問他有什麽事，他就說我的成績差啦，操行不好啦，要去和老師談談……你聽着，當着這麽多同學，毫無顧忌的直着嗓子吼，眞不好意思！

金：小舅舅沒有一點人情味！

元：我一看情形不對，準備開小差，誰知他又大聲的叫住我說，說是也去了你們學校，你的功課也頂糟！

金：眞是狗拿耗子多管閒事！

銀：沒提到我嗎！哥哥！

元：沒有，可是你和有金在一個學校呀！

銀：唉！我看是慘了！說二寶沒有？

元：他的資格還淺，恐怕最後才能討論到他！

小：對啦！你們都是壞學生的老資格了！不打自招！

銀：你才是壞學生！

小：你才是壞學生！怎麽？要動武？來吧？

元：二寶！沒用的東西才和女人相罵！男不與女鬥，鷄不和狗鬥！

小：我又不是鷄！

銀：我也不是狗！

元：好啦！我們還是共同想個辦法來對付小舅舅吧！不然，我們的「自由」要喪失了！

金銀小：唉！怎麽辦呢？

（音樂）

夫：今天晚上你們一定很奇怪，我爲什麽回家吃飯？是不？太太！再拿瓶酒來！

姐：和孩子們說話，還是少喝點酒吧！

夫：在全權老師未來之前，還是多給我點自由吧！好太太！去拿來！元寶，有金，有銀！二寶！你們聽着，胡老師說，他沒有本領教好你們，引咎辭職，現在請了劉芒來教你們……

姐：現在他是孩子的老師，怎麽提名道姓的？

夫：好！這樣說，現在請了劉芒舅舅來教你——們……

小：爸爸！你說的是流氓呵？還是舅舅？

夫：呵！我說，他是劉芒，姓劉，名字是光芒的芒！也是舅舅！是你們小……小舅舅！

姐：你眞是，忘了小舅舅說的話啦？做父母的在教訓孩子的時候，應該放尊重些，邊喝酒，邊說話，是絕對要不得！

夫：當然！當然，我不過舌頭感覺不靈就是了，元寶！

元：有！

夫：有金！有銀！

金銀：在！

夫：聽着，爸爸不是訓話，我只是和你們談談往事，爸在年青的時候，家境淸苦，未能好好求學，年齡很小，就去做工，當學徒了！可是我並不自卑，不氣餒，我夢想，有一天要成爲一個大人物………元寶！你有什麽志願？

元：我………

夫：沒有嗎？求學總要有個目的！

金：哥哥想做電影導演！

元：你亂說！

夫：只要能賺大錢，做電影導演也不壞；那麼有金呢？

銀：她要做個歌唱明星！

夫：明星也能賺錢，不管做什麼，總要有個目的，從前我在做學徒的時候，盡管每天累得筋疲力盡，夜裡偷偷的起來，點起油燈唸書……

銀：沒有電燈嗎？

夫：當然啦！

小：大概愛迪生還沒有發明！

姐：二寶！聽爸爸講話！

夫：古人說的話，一日之計在於晨，所以要早起，做學生的更要早起，不能非等媽媽叫不起床！

小：你還不是一樣，媽不叫你，你就起不來！媽叫你，你就把氈子蓋住頭，直喊討厭呢？媽不打你，你才不會起呢？

銀元金：（哄笑）哈哈……眞好玩，爸爸眞好玩！

姐：不許笑，聽爸爸說話！

（四個孩子仍舊故意大笑）

姐：小舅舅來了！

（笑聲戛然而止）

（音樂）

夫：小舅舅怎麼還不來呢？

姐：他說好十點來，時間還不到呢？這鐘快十分鐘。

夫：對時間這麼認眞，不像是教書匠，倒像是鐘錶匠，再說又不是廣播電台，早幾分，晚幾分又有什麼關係呢？眞是書呆子！

姐：她一向就這麼古怪，說什麼就是什麼，很少打折扣。

夫：眞急人，今天圍棋社比賽，我做招待呀！星期六不來，下星期一也不來，偏偏選中星期天，好像是故意整人似的，連懶覺也不能睡，就等這位全權先生！唉！

姐：你別再發牢騷，人家完全是盡義務教咱們的孩子！

夫：他眞不要錢嗎？要不變個名義送他點錢，我眞不願佔這種便宜。

姐：你最好把你的老毛病改改，三句話離不開錢！他決不會要。

夫：學者爲人，有時侯眞使人莫測高深！我也知道，世界上沒有比接受他人義務更便宜的事了，可是……

姐：可是什麼？

夫：可是也沒有比這個更可怕的了，因爲既是盡義務，他的行動我們就無法過問，如果他提出什麼無理要求，甚至是責罵，我們也只有笑臉承受，誰叫你接受人家的義務服務呢，哎呀，孩子們都在家吧！

姐：我已經通知周管家，替他們換好衣裳等着呢？

夫：眞受罪？連我也得侯着這位偉大的家庭教師：

姐：你要不耐煩，你就去下你的圍棋，他辭職不幹，我可不負責任！

夫：誰說要去了？眞是……元寶！

元：有！（跑來）爸爸！有什麼事！

夫：什麼事？等你們那位小舅舅！叫他們都來！準備好！周管家。

聲：在！經理！

夫：你，還有黃毛，阿龜，伺候好了沒有？

衆：好了！

（鐘敲十響，電鈴響）

夫：天啊！眞準時！都到大門口去迎接！

（一陣腳步聲大門開啓聲）

夫：哈！我們都在家歡迎你來呢？

姐：你眞是說一不二呀！

劉：姐夫！今天星期日好天氣，怎麽不出去玩呀！我選今天來，是因爲今天我有空時間，我還以爲你們都出去玩了呢？

夫：我本來……呵！平常我也不常出去的！呵！眞想不到你這麽多行李！

劉：都是書！我來了之後，家裡最好別打麻將，否則就全是輸了呵！哈哈！元寶，站着做什麽？幫忙搬東西呀！

姐：他沒力氣，還是叫黃毛來吧！黃毛！

劉：小孩子活動活動筋骨身體好！來！把這包書拖進去！

元：（要哭）是！小舅舅！

劉：來！有金！有銀！把這個拿去！

金、銀：是小舅舅！

夫：嘖！這應該叫下女來拿的！太太，你看看，讓她們拖那些臭皮鞋破箱子……她們那兒幹過……

姐：別惹他生氣，今天他剛來……要給孩子們一個下馬威呀！

夫：哼！反正不是自己的孩子不心痛……

劉：小寶！你拿這個！黃毛，阿龜！抬這個書箱，周管家，這件行李要麻煩你槓了！

（一陣搬移物件脚步聲加着姐夫的嘆息聲）

（音樂）

劉：就這樣，我搬到姐姐家裡住下，我並沒不講情理的堅持我的意見驅逐引誘孩子們做壞事的不良份子，只要他們聽我指揮，不增加孩子們的壞習慣，不影響孩子們的溫習功課就可以了。因爲姐夫的行裡和家裡，還要用他們來跑腿辦事呢？我每晚八時開始執行職務，我開始的方法非常簡單，僅僅往各人寢室巡視一番而已，是先要他們能每晚在家看看書，首先培養他們讀書的興趣穩住心，我是先從元寶的房間開始．（敲門）「在溫習嗎？好」！（腳步）然後是有金有銀姊妹（敲門）「在溫習嗎？好！」再就是到二寶門前：「還在溫習嗎？小學生應該早休息！」就是黃毛與阿龜，我也讓他們在這時間內學點什麼，然後，我回自己的寢室，溫習我自己的功課，週末呢？大家放假，不溫習功課，講小說，說故事，討論電影，或者是介紹名人小傳等等，讓他們懂得一個人的成功，是必有成功的因素的，孩子們的興趣很濃，可是老姐姐却沉不氣了，現在是她來敲我的門了：（敲門）

劉：請進！

姐：你很忙吧！

劉：還不是每天一樣，請坐！

姐：這房間怎麼樣？還滿意嗎？

劉：太好了，以一個家庭教師而言，可說是太奢侈了

姐：你太世故了⋯⋯呵！弟弟！我想問問你，你是怎樣個教法呢？看過孩子們的成績嗎？

劉：看過了！

姐：做何感想？

劉：和我的預測吻合，自元寶順序而下，情況逐漸轉好

姐：二寶呢？

劉：只有這孩子還不錯，從他倒數上去，越大越不成器！姐姐！就事論事賢伉儷在生育方面成績優異，但在教育方面則尙待努力！

姐：又來了！說話正經些！

劉：我說的是實話，事實如此有什麼辦法。

姐：因此才請教你呀！如果你覺得孩子們可愛，就請多費一份心。

劉：當然，孩子們的確可愛，假如不好好教育，都變成不良少年，這個社會眞不堪設想呢？

姐：元寶怎麼樣？

劉：據調查，他的成績最差，我可以負責保證，他考不取高中。

姐：天下居然有這種老師，眞是叫人啼笑皆非！

劉：他的程度本來落後呀！更可怕的他還是個「問題少年」！

姐：什麼？「問題少年」！怎麼沒聽學校裡報告過呢？

劉：上次學校通知家長去談話，你們派了總務去，他回來能據實報告嗎？那元寶還不會

打破他的鼻子？他何苦不做好人呢？

姐：唉！這怎辦呢？弟弟！你得想辦法呀！

劉：這，恐怕不是一朝一夕的事，因爲這是賢夫婦多年來的努力成果呀！

姐：像你這樣損人的人，我倒還是第一次遇到呢？怎麽？難道是我們故意使他不上進的？

劉：別冒火！老姐姐！總之！我是讓你在心裡上，先有個考不上高中的準備，這是我最好的建議。

姐：那請你來做什麽呢？

劉：我得慢慢來呀！因爲元寶還無意接受我的教授，你知道，單靠外界的壓力是沒有用的，問題在於需要本人的自動自發，慢慢來，不久的將來，他會覺得求學，並不痛苦，而是非常有趣兒，而自動向我求教。所以，我只能靜以觀變。

姐：那考試來得及嗎？

劉：那只有天知道了！

姐：眞要命！急驚風遇到了慢郎中！

劉：要知道我也不輕鬆呀！所以，我建議你心理上也先有個準備，「萬一」的話，就不會太驚奇，我在接受委托時，我已經有了預定計劃，按計進行，所以你得等着瞧！

姐：我總是在擔心呀！

劉：擔心什麽？你就像坐一艘三萬噸大輪船一樣，船總是船，雖然安全保險，誰能保證沒有萬一的意外？所以，原則上儘可安心，但不可不時時提高警覺！

姐：你這方法，我能不能告訴你姐夫？

劉：得了，除了買賣，他懂什麽？

姐：弟弟！他是你姐夫！

（音樂）

金：唉！眞煩死人了！小舅舅突然嚴厲起來了……有銀！你怎麽不說話呀！誰得罪你了？

銀：我在看書，姐姐！小舅舅嚴厲，你對我發脾氣又有什麽用？唉！都是托元寶的福呀！

金：唉！把英文字典給我！不知道的字要一個一個去查，眞麻煩死了。

銀：要有「詳解」就好了，一翻就知道怎麽講解！可是那個時代過去了！

金：怎麼？

銀：你忘了小舅舅在沒收詳解的時候說：「覺悟吧！求學之道，決沒有近路可抄。」

金：這麼嚴厲，簡直存心要我們好看。

銀：化的心血越多印象也越深刻呀！

金：有詳解可以參考的話，預備英文只需十五分鐘，現在要逐字查閱，至少也得花一小時。

銀：唉！在這講求速率的時代，簡直是開倒車！

金：都是哥哥幹的好事，不是他的詳解被搜查到，我們不會跟着倒霉！

銀：老實說，像我們這樣的成績也不能說是太壞了，人的智能本來有賢愚不肖之分的。不準背榜的，根本毫無道理，你想吧！名次既然是一人一個的，那麼有四十五人就一定有人得第四十五名的呀！

金：最不講理的是學校和老師，他們想出這麼一個不合理的辦法，明知一定有人背榜的，却硬要我們不背榜！

銀：這等於先安排好陷阱，却叫人不要入圈套一樣！

金：唉！眞是！爸和媽對成績好的稱讚太多，而對於壞的却又不免責罰太嚴，不幸，我們被夾在中間——元寶，二寶害我們倆！

銀：我們眞是生不逢辰！

金：我們投錯胎！噓！小舅舅來了！

劉：怎麼樣？溫習功課嗎？

金銀：是！舅舅！

劉：有金，你翻譯的順利嗎？

金：嗯……有些困難……單字太多……

劉：不要先圖快，一個字一個字查，多想，多記，多背，慢慢的單字記多了，翻譯也快了！化的心血越多！印象就越深！繼續下去，不要中途而廢！有銀呢？

銀：我在算四則難題，討厭死了！不知什麼人發明的，這種算術要這麼麻煩！

劉：這是要訓練你腦子的精確力，如果答案一看就有了，以後誰還去費心思傷腦筋呢？不傷腦筋的時候，科學不會發達，人類就不會進步了！

銀：可是，小舅舅，我現在對它却一步都走不動了呵！

劉：再想想！眞不懂，我再解釋給你聽！

金：唉！苦死了！

劉：不吃苦中苦，怎能為人上人！你們讀偉人傳記的時候，知道他們那一個不都是從艱苦中奮鬥出來的！

銀：我想他們不會跟這種討厭的分數四則題動腦筋！

劉：不要先存討厭的心，要去發掘得到答案的興趣！

（忽然二寶跑來）

小：小舅舅！小舅舅！大哥哥失踪了？

劉：呵？你怎麽知道！我剛才還看見他在房間裡看書呢？

小：那是假裝的！！那是他叫阿龜假袋的！阿龜！你來！我去叫媽來！

（一個男孩哭着走近）

劉：阿龜！告訴我，你怎麽會代替元寶，坐在他房間裡？他是騙我嗎？

聲：嗯！他……他叫我假裝他！他說，他的書，不好唸……

劉：他上那兒去了？

聲：他……說，今天晚上，在圓環有約會……他們要打架！

劉：呵！眞的？

姐：怎麽回事？元寶不見了？

劉：一定是和那些不良少年去闖禍了！

姐：呀！這怎麽得了！一定要受傷了！都是你這個老師！管的太嚴，孩子受不了呵！

劉：老姐姐！功課擔負不了，用功就可以克服了，我沒叫他賭氣去和別人打架呀！

姐：還說呢？先是慢慢來，後來急急風，看吧！把孩子給逼走了！

劉：別埋怨我吧！這都是你和姐夫十六年來，家庭教育的好成績！現在我到圓環去找他！（遠）

姐：小寶！小寶！快打電話給你爸爸！叫他派人到圓環去找元寶呵！阿龜！你個死東西，你怎麽不來報告呢？黃毛呢？

聲：在！太太！

姐：周管家呢？

聲：在！太太！

姐：在！在在！現在都在，怎麽剛才不看住元寶呢？還是小舅舅說的不錯！一定得把你們這些不良份子驅逐出境不可！

三人聲：是！太太！

姐：哎呀！我的元寶要是有了三長兩短，叫我怎麼辦呵！

金銀：媽！先別急吧！還不知道哥哥會不會死呢？

姐：胡說！誰說元寶會死？唉！都是你爸爸！整天生意！買賣！兒子都不管！

小：眞元寶丢了，比假元寶不見了嚴重！唉！

（音樂）

小

金：媽媽！小舅舅回來了！哥哥呢？

銀

姐：元寶呢？找到他沒有？

劉：我以爲他回家來了呢？

姐：沒有呵！是不是已經死了？是不是叫人家打傷了？是不是被捉到警察局去了？是不是……

劉：老姐姐！你鎭定下來，讓我喘口氣告訴你好不好？

姐：哎喲！我的元寶呀！一定是叫人家給殺傷了，我做娘的白養活你這麼大呀……（氣結狀）

劉：事情還沒證實那麼嚴重！先別急好吧！你們聽我說呀！

姐：還說什麼呀！反正我的元寶再不會活着回來了！都是你！每天逼他做功課，他早就告訴我，他有病，不能太勞累，可是你……

劉：我看他還有神經病，不然怎麼會和那些不良少年攪在一起？剛才我出去，僱了一輛計程車，圍着圓環轉了幾圈，是看見有一起和元寶那樣大的幾個孩子們，好像神祕的商量什麼？沒看見元寶在裡邊，我等了一會兒，他們幾個也散了，我就趕回家裡，我想，元寶的良知未泯，他應當放棄這次的兇鬥，回來溫習他的功課，好了，你以爲他會嗎？

姐：我怎麼會知道？

劉：知子莫若母，你應當瞭解他！

姐：現在的小孩子主意比我們大人多，怎麼猜得透他們要做些什麼？

劉：所以，母親不懂孩子，父親不管孩子，就只好讓孩子去打羣架了。

姐：我寧願叫元寶變成個懦夫，我也不願他叫人給殺了呵！

劉：現在還不能下定論，還沒看見元寶的屍首呢？

姐：這是你做舅舅的希外望甥的下場嗎？

劉：姐姐！我是希望元寶能「整個」的回家來呀！你現在不是在咒他嗎？

姐：你們聽聽這位全權老師的話，簡直是不負責任！

金：媽，別和小舅舅抬槓了，還是快找回哥哥才對呀！

姐：周管家，黃毛，阿龜都派出去了，到現在還沒回來，一定是凶多吉少！

（電鈴）

銀：會不會是警察局來報訊了？

姐：（又哭）我的兒呵！

小：我去開門！

金：媽！先別哭嗎？

劉：是誰？

（大門關啓）

小：媽！哥哥回來了！還有爸爸！

衆：呵！

（腳步聲近）

姐：我的兒呵！你叫媽擔心了！元寶你上那兒去了！你個壞東西！寶田！你也是，現在才回來，孩子去闖禍，你知道不知道，你整天就知道跑買賣，孩子的事就叫我煩心……

劉：姐姐，你先等一會先發表，先聽聽元寶和姐夫怎麼說好不？

夫：元寶，快報告你今天晚上的事情吧！省得全家都爲你不安！

元：（哭）小舅舅！我做錯了！

劉：別哭！別哭！知過必改，善莫大焉！趕快報告今天晚上的冒險經過吧！

夫：快說吧！元寶！你今天做的這件事，大使我高興了！

姐：孩子都叫你這種爸爸慣壞了，他出去鬧事，你還誇獎他！

夫：太太！脾氣別這麼急，孩子的報告發表完了，你再批評做丈夫的好不？

姐：我就——

劉：雙方請暫停！我想問問兩位，是聽你們吵呢？還是聽孩子認錯？現在選擇一種，我們再進行談話……

姐：好好，元寶你快說！你要不說實話，我非打你不可！都是平常太驕縱你了，你……

劉：姐姐！現在是聽元寶說話！元寶！說吧！你媽這一邊叫停了！

元：小舅舅！我眞恨你每天晚上，監視我溫習功課！

劉：呵？恨我？意外！

元：從你來我們家以後，我的功課雖然有些進步，可是我和我那些兄弟們都失掉了聯絡，他們造我的謠言，說我胆小，不敢和他們在一起了！

劉：這是我的疏忽，我應該把他們也監視住就好了！

元：今天去上課，他們找到我，問我敢不敢再和他們去打人？

姐：要去打誰？

元：就是我們隔壁的宋大為？

金：他是很好的學生嗎？

銀：為什麼要打他呢？

小：他比哥哥的功課好，操行好，所以他們壞孩子才打好孩子！

夫：小寶！聽你哥哥報告！

劉：對，小寶，先別下斷語，聽完了你哥哥的故事，我們再做結論，元寶，請繼續。

元：他們說，宋大為太驕傲，他們看不順眼，非揍他一頓不可，為了表示我們勇敢，我答應他們去，約好晚上八點圓環見面，同時約了宋大為，他們說，如果我今晚上不去，明天要我好看，我害怕，我不敢不去，可是我又不敢向小舅舅報告……

劉：其實你早告訴我，我代你出馬，不就什麼問題都沒有了！

元：後來，我想起叫阿龜假裝我坐在桌子前面看書，我就溜了，溜出了家門口，我忽然怕的很，忽然想起，打架一定會出人命，要是我死了，媽和爸爸不知道要怎麼傷心呢？

姐：你還沒死，我已經急的不得了呵！

劉：好孩子，這證明你本性善良！

金、銀：哥哥快說下去，我們急着聽呢？

元：再說宋大為和我又沒寃沒仇，我要是把他打壞了，他媽怎麼辦呢？可是出了家門口，我又不敢去圓環我又不敢回家，我想小舅舅一定會發現阿龜偽裝我的，沒有辦法，我就到行裡去找爸爸了……

夫：元寶來找我，這是很少有的事，我正奇怪，你這位全權老師怎麼叫補習功課的學生給溜了呢？

劉：姐夫！這是他的自由意志，當老師的只能啓發，導引，沒有法子强迫執行呀！

夫：我並不是怪你，我是奇怪呀！虧了元寶不撒謊，這一點很像我，老實人，決不撒謊，所以原原本本都告訴我，我當時決定，趕快回家，免得你們擔心……

姐：還說擔心呢？這次要是你眞去了圓環，你的命準沒有了！

夫：當時，我又打了個電話給宋家，問他們大爲出去沒有？宋太太說，大爲在家溫習功課，打架的事，大爲已經告訴他媽，說情願落個懦夫的名字，也不去無聊的打羣架！

劉：聽見了嗎？元寶！這種不良少年的不良行爲，只是一種幼稚的衝動，一種無所事事的發洩，稱不起是勇敢，即使是把別人打死，打傷，更不是名譽的事，既損人又不利已，誰無父母？誰無兒女？打死了人家的兒子，或者是打傷了你自已，想一想，做父母的能不傷心嗎？

元：小舅舅，你說的對，我錯了，下次我決不跟他們去胡鬧，一定好好用功讀書！

劉：這種保證，要看你暑假以後是否考得上高中再說了！

元：我一定要考得上，我是大哥，我一定要做個好榜樣！

夫：元寶，只要你敢說這句話，做爸爸的就不知道多美了，你爸爸就是這種脾氣。我認爲天下無難事，就怕不相信自已，所以，我當年……

姐：好漢不談當年勇！以後你還是以身做則，多匀些時間來管管孩子的事是眞的！

夫：當然！當然！

劉：賢夫婦以後如果眞能合作來辦好家庭教育，有正確的教育方針，不全依賴學校的教育，我這位全權老師馬上讓位！姐姐！姐夫！你看這些孩子多可愛，如果其中一個，萬一發生什麽不幸，會多叫人傷心！

（電鈴）

小：不是太保們來找哥哥吧！

銀：我去開門——媽！是阿龜他們囘來了！

聲：經理！我們去找元寶……

夫：住嘴！你們到那兒去找元寶？元寶都叫你們影響壞了，我要驅逐你們這些不良份子出境——明天收拾行李囘行裡去！

聲：是！經理！

——音　樂——

劉：不良份子離開了，姐姐也認眞的負起做母親的責任，姐夫也對孩子們的生活特別關心和注意，家庭生活正常和熙，孩子們的心情也會正常，我呢？全權老師，頗有成績，這學期他們考試成績的名次都提前了十幾名，但願他們不辜負我這位娘舅的苦心，希望他們能在中學聯考金榜提名！雖然我沒做您的家庭教師，可是孩子們都是天眞可愛的，所以我在這兒也預祝你們家的孩子們都能如願以償！

全權教師

導演：崔小萍
配音：李林
錄音：唐翔
報幕：門琪

劉蘭：于茜
金寶田：于恆
劉芒：趙剛
金元寶：尹傳興
金小寶：鹿瑜
金有金：陳小玲
金有銀：孟繁美

二又二分之一

二又二分之一

人物

男——德成

女——嫦娥

父

母

童言

（音樂聲中）

男：（向聽衆）各位，各位，請你們評評理，是我的錯，還是我太太錯了，事情是這樣的…………

女：死鬼，你在那兒又嘮叨些什麼？還不快來！

男：你們聽，這就是我太太的聲音，叫我死鬼，她高興的時候才這樣叫我呢？否則，三鞭子打不出她個屁來……哎！這句話是那個廣播劇裡的？你記得嗎？

女：你再不來，我把開水倒到你頭上去了，聽見沒有？

男：來啦！你們聽，我太太就這麼不講理，她一叫，我馬上就得到她面前，好像我隨時都坐在直昇機上待命似的，不然怎麼辦呢，爲了息事寧人，只好聽她的，所以同事們都叫我是PTT的會員，您是不是？你不要笑而不答，其實有什麼關係呢，人家說怕太太會發財，從心眼裡我想發財，而不是眞怕太太，再說一個男子漢大丈夫，怎麼會怕一個女人呢，我們不過是好鷄不跟狗鬥，好男不跟女鬥就是了，是不（忽然被打似的）哎呀，你！

女：死鬼：叫你聽不見呵，你在這兒發什麼神經？

男：你瞧你，打人沒輕沒重的，人家說打人不打臉，揭人不揭短，你是怎麼啦！打我的頭，我要倒霉可是你負責，以後再埋怨我不發財，什麼都不給你買！

女：喲！瞧你驕嫩的，我不過只這麼摸了你一下，就值得這麼大驚小怪的，好好，我以後，再也不碰你！

男：得得，別走，好太太，你打吧！我沒敢說疼呀，你又生什麼氣呢？（低聲）其實打是疼，罵是愛，不打不罵才是寃家呢？你說是不？

女：你別在背後嘀咕我，我早知道你在背後說我壞話，讓人家說你怕太太，把我形容得像個兇婆子，你到處去邀取同情，你呀，比誰都壞心眼兒多……

男：天地良心，妳是我天字第一號的太太！我怎麽敢，除了錢我不能隨便你化以外，什麽事，一切的一切，還不是都順着你……

女：假貌僞善！

男：唉！眞寃枉？（低聲）你說，是不是「小人與女子爲難養也」

女：我是小人，你是君子，眞是豈有此理！

男：那裡，我說我自己是小人！

女：你本來就是小人嗎！

男：是，太太，小人現在問夫人有什麽吩咐？

女：（笑了）瞧，你那付可憐像，眞好像我有多兇似的。

男：妳不兇，誰說你兇，（低聲）也許她比獅子還差一點！

女：還差一點？你瞧幾點了，你還不去把衣服穿整齊？

男：做什麽？今天週末，在家裡放鬆放鬆不好嗎？何必一定要我穿那麽整齊，難道說緊張了六天了，還不叫我舒服舒服？

女：死鬼呀，告訴你的事！永遠不記得，只曉得放鬆——週末，早上我告訴你什麽來着？

男：呵，有什麽了不起的事嗎？我怎麽一點印象都沒有？

女：還怪我打你的頭呢？再不打你，你那個頭腦就更不堪設想了。

男：太太，有什麽不得了的事快說吧，一向我不喜歡緊張的！

女：快去穿衣裳，七點鐘，我媽來台北！

男（嚇了一跳）呵，妳媽來台北？從新竹坐Bus來台北？

女：是呵，叫我們七點去車站接她老人家，你忘了？

男：沒忘！沒忘！我是不敢想！（低聲）哎呀，我的丈母娘，上帝！

女：明天早上我們一塊去教堂，你可得打扮打扮，別讓我媽看不順眼。

男：唉，不管我喊上帝，或是瑪利亞，她都不會看順眼了！（低聲）老丈母娘一來，我的日子就更難了！怎麽辦？

女：怎麽辦，快走呀，去晚了，又該挨我駡了，你是曉得我媽的脾氣的。

男：曉得曉得，已經領教多年了，那個嘮叨勁兒和妳半斤八兩！

女：你說什麽，半斤八兩？還說呢，前一次媽叫你陪她去菜市場買菜，明明付了一斤肉錢，你却拿錯了人家八兩肉回來，要不媽去和老板理論，還不是吃虧半斤肉！

男：這次我預先聲明！別再叫妳媽拉我去菜市場，我受不了。

女：有什麽受不了的，看人家外國人還不是陪太太買東西，幫太太拿東西？中國男人，就這麽不開通，幫太太一點忙，就以爲丟人似的！

男：人家外國人有汽車呀！不管買多少東西，往汽車裡一放，五分鐘到家啦，那兒像我們，大一包，小一包！提着，抱着，那個狼狽樣，眞夠瞧的！

女：不管怎麽樣，你別否認你懶！什麽也不願做，先生！把領帶繫上。

男：繫什麽領帶，是去接妳媽，又不是迎接外國總統，晚上了，馬虎點吧！

女：死鬼呀！聽我的話，繫上吧，別叫媽一下車就說你不懂禮貌。

男：唉！我這個女婿眞難做！她叫人家懂禮貌，她可一點禮貌都不講！

女：怎麽？你罵我媽不懂禮貌？你怎麽可以這樣說她老人家？

男：好！妳媽好！妳媽講禮貌！可以吧！（低聲）有其女必有其母！

女：還在那兒照鏡子，一點時間觀念都沒有？你看幾點啦？

男：你不是說讓我好好打扮打扮嗎？我照鏡子又不對啦！

女：你皮鞋還沒穿呀！你要穿拖鞋去車站呀！你存心讓我丟人呀！你就這麽不爭氣呀！

我媽媽這麼多女婿，就你一個永遠拉裡拉場不修邊幅，讓人家親戚朋友笑話……

男：好！太太！我穿上皮鞋了！別數落啦！可以走了吧！

女：早就該走了啦！算算，從我剛才叫你，到現在有好久啦？

男：其實沒有一杯茶的功夫，坐在收音機傍的聽衆會爲我做證！

女：你就會撫理蠻纏！媽來了說話小心點，別招她老人家生氣！

男：她來了我不說話，以免「言多有失」！

女：走吧！阿娟！來關門！

男：唉！走吧！（門聲）（低聲）各位！咱們回頭見，我要去車站接我那位老泰水，丈母娘了！聽我受罪吧！唉——

——音樂——

（汽車聲，街市聲，汽車緊急剎車聲）

女：哎呀！嚇死我了！你這個司機怎麼啦！你不要命，我們還要命呢！

男：誰叫你一個勁兒的催人家快！快！這要撞了車，出了人命，多划不來。

女：都是你這個死鬼，如果早出來一會兒，還用得着這麼拼命提？

男：以後，你這個「死鬼」的口頭語要改一改，不然人不死，妳老這麼叫，也變成鬼啦！

女：你少打我官腔！做個芝蔴大的一個官兒，官腔倒不小！
男：我是個人民公僕，不敢談官！太太！每月一薪一水勉强可以糊口。
女：你個死……
聲：（突然剎車）到了！
女：天！我以爲撞上了呢？
（下車，車開走）（人聲）
女：快！擠過去，哎呀！媽已經在等我們了！糟糕！
男：眞是擺臭架子，她又不是不知道我們的家，還偏要人來接她！
女：媽！
男：喂！慢點，先告訴我丈母娘這次來台北有何貴幹？
女：你不知道呵？爸爸離家出走了！
男：呵？出走？
女：媽！媽！妳來了好久了？我們吃飯吃晚了，剛才計程車差一點闖禍，可嚇死人了！德成！快向媽問好呵！你怎麼成了啞巴啦？媽！你累了吧！好在從新竹到台北費不了多少時間……

（突然火車笛聲）

女：比火車舒服多了！媽？妳怎麼啦！

男：（低聲）老太婆已經發火兒了！你們猜她第一句話說什麼？

母：德成！你出來怎麼不繫領帶？敞着襯衫領子像什麼樣子？

女：德成繫了領帶來的，呀！你的領帶呢？我不是看着你繫好了出來的嗎？

男：我……熱得很，我解開了！領帶在我口袋裡！

母：領帶是繫在頸子上的！你們這些年青人，一點禮貌都不懂！

女：媽！我們回家吧！洗澡水替妳準備好了！

母：嫦娥！妳就允許妳的丈夫這麼隨便嗎？這是來接我，我不見怪，假設去接別人，這個樣子，不讓人家笑話妳做太太的沒規矩嗎？

男：（低聲）妳女兒的規矩夠多的了！別再教了！

女：他又不是小孩子，我總不能時時看着他呀！（對德成）討厭！囑咐你半天，你還是這麼不小心！

男：太太！我是妳丈夫，不是妳兒子呀！

母：女婿是半子，和兒子也差不了多少，岳母也可以管教你是不！

男：是！是！我沒說不是，只是……

母：好啦！不要解釋！

女：媽！德成一向都是很聽話的！

母：嫦娥！妳爸爸從來不反駁我的話的！

男：（低聲）把老頭子逼得出走了，你還說什麼？

母：德成！你說什麼？

男：我說岳父喜歡出去旅行，以免在家裡惹您老人家生氣，妳不找他回家他永遠不想回來！

女：媽！有話回家說吧！Taxi！（汽車駛近聲）

母：嫦娥！德成是個好女婿，就是說話的腔調不討人喜歡！

女：是！德成！以後得多練習聲音的表情！上車吧！媽！

（車門聲）

男：（低聲）天！我又不是演員！練什麼聲音表情？眞是狗拿耗子多管閒事！

母：什麼？你家的耗子還很多呀！

男：（大聲）呵？您來了就好多了！

母：呵？

男：（大聲）呵？說你來了耗子就沒有了！哈哈哈！

（汽車喇叭大叫）

（電鈴，開門，關門，腳步聲）

（浴室放水聲）

男：唉——

（扭開收音機，正播放「坐宮」一段平劇，我好比籠中鳥唱至困至沙灘時）

女：（遠）德成，媽叫你把收音機關上，她頭痛，聽見了嗎？

男：（收音機扭小）聽見了！她頭痛？我頭痛才是眞的呢？各位你們聽見了？如果你有這麽位太太，再加上這麽一位岳母，你頭痛不？別見怪，其他在座的岳母大人，有的岳母替女兒管家帶孩子還眞不錯，可是遇上像我們這位，就災情慘重了！

女：德成！讓你給媽泡的茶好泡了沒有？

男：呵？我忘了！阿娟，泡杯茶！

女：噓！小聲點，媽洗完了澡正在休息！

男：（也壓低聲）她老人家預備住多久？

女：（低聲）沒說，也許半個月？

男：（大聲的）呵！半個月？我的天！（又降低）這怎麽得了！

女：有什麽不得了？來這兒又吃不窮你，怕什麽？

男：我寧願讓她快點把我吃窮了呵！

女：你什麽意思？

男：早點吃窮，她老人家就不來了呵！

女：（聲漸大）我知道你心眼裡就多着我媽！我媽每次來就看你的臉子，看你要脾氣！

男：（低聲地）我是PTT會員，凡是「太太」我都怕，我還敢要脾氣。

女：你冒牌！

男：我冒牌？（忽大聲）誰冒牌？貨眞價實！（恢復正常）太太！讓我大聲講話吧！我快憋死了！

母：（遠）德成！你喊什麽？

男：（大聲）我在練習聲音表情！我的媽呀！

——音樂——

男：（像是在做夢）呵？不⋯⋯⋯不⋯⋯⋯我眞要跳樓了！（像是跳下去似的，慘叫一聲）呵——（醒了）呵！救命，救命！嫦娥，妳在那兒？媽呀！嚇死我了，怎麼做這種夢？那麼高的樓，要是眞掉下去，那可眞慘了，嫦——娥！怎麼又是一個人也沒有啦？哼！又是留條子！

女：「德成：我陪媽去教堂，午飯去另一教友家聚餐，下午去朋友家探聽爸爸的消息，自從老丈母娘來了，我跟太太簡直沒說話的機會，整天書信來往，這日子眞受不了！（看條子）阿娟回來叫他下午不要放假，等我們回來吃晚飯。

嫦娥留上」

男：說得輕鬆，我這個星期天怎麼辦呢？老丈母娘總是罵別人自私，她這就不自私了？把女兒帶出去一天，就不管我這個做女婿的怎麼吃飯？怎麼生活了？眞是豈有此理？

（門鈴響）

男：阿娟，去開門！（無人應，門鈴繼續）

男：他去買菜，還得我自己去開門！（沒好氣的）誰呀！（開門）找那一個。

童：喂！老包！幹嗎那麼大火兒？昨天晚上失眠了嗎？

男：呵！老童！我沒想到是你！裡邊坐！

童：幾點了？你剛起來呀！怎麼現在還睡眼矇朧的？

男：幾點？呵？怎麼快十二點了？怪不得我剛才做惡夢呢？睡的太多了，我還以爲是早晨呢？

童：你們家兩位女將出去了吧？

男：連阿娟，三位都不在家，要不，能讓我睡到現在呀！老童！你怎麼今天來了，昨天在辦公室，不是說你們全家去旅行嗎？

童：不瞞老兄說，我是避難來的！

男：避難？避什麼難？有人要害你嗎？

童：差不多！

男：快說，怎麼回事，看看我能不能幫你的忙？

童：如果你能借我一百元，問題就好解決了。

男：一百元？呀！這……你先說說是怎麼回事吧！

童：昨天，在辦公室，我不是告訴你說，今天我跟太太要出去旅行嗎？老岳母答應在家看那幾個小傢伙，讓我們倆去輕鬆一下嗎？昨天計劃的好好的，今天，老泰水變了卦，他說，要去，一家人都去，也叫他去透透空氣，整天讓她在家看孩子煩都煩死了，你想想，星期天，車擠，人擠再帶上三個不大不小的小傢伙，怎麼還能輕鬆得了，我堅決反對，太太說我虐待老岳母，就和我吵起來，我一氣，就走開了，蕩了一上午馬路，身上分文無有，忽然想起你，因此就向你來求援了！

男：哈！我眞以爲你遭了什麼大難呢？像這種事，還不是家常便飯嗎？何必看得這麼嚴重？

童：你沒有受過這種罪呀？女兒完全聽母親的，我在家裡像是多餘的一塊，想想你是丈夫，那是你的家，可是，你沒有主權！

男：我家還……還好！我的岳母只是暫時來住住，問題還小……

童：怎麼樣？借一百元，我想自己眞正去輕鬆輕鬆！

男：一百元……我的錢，都交給內政部長！就是我太太管，我也花一個，領一個，沒多餘的款項給我的！

童：那怎麼辦呢？我已經逃出來了，我總要給她們點顏色看看，總不能厚着臉皮再回去吃午飯吧？

男：那……我來找找我太太放錢的地方，萬一能發現，拿一百元給你，不過，我一定預先聲明，你一定得馬上還來，否則，我太太的脾氣，我也吃不消的！

童：一定！一定！我只是要賭一口氣！

男：我來找找看……（翻動物件，推拉抽屜聲）哈！算你運氣，竟然找到我太太的寶藏！兩個五十給你。

童：謝謝！我走了！唉！這麼好的天氣，你就守在家裡呀？

男：啊！我沒想到怎麼辦，我自己呢！

童：走吧！咱們倆一塊去吃午飯吧！算我請客！

男：我太太吩咐我等她們吃晚飯的。

童：現在離晚飯時間還早呢！你眞是聽話，怪不得同事們說你怕老婆！

男：我……

童：走吧！等你太太回來，我替你証明！

男：我看阿娟買菜回來沒有？沒人看家不成！萬一被小偷光顧，我的罪孽就深重了！阿娟！

聲：哎！

男：我出去吃午飯啦！等太太回來告訴她一聲。

聲：是！

男：走吧！

童：走！

男：星期天，春光好，我本當與太座同去遊玩，怎奈她與岳母同赴教堂……

（音樂）

市聲，小飯舘中吵雜聲

跑堂：（四川口音）紅燒牛肉麵一碗——免紅

童：老包，再喝一杯……

男：不成，不成，我向來不喝酒的，再多一點，我眞醉了！

童：一醉解千愁呀！什麽丈母娘，老丈人，全都可以不管他了！

男：我可不能不管，這次老丈母娘到台北來，就是爲了找尋老丈人的，他老人家不辭而別，老岳母以爲老岳父來我們家了呢？誰知我們不知道，可把老岳母急壞了！

童：旣知今日，何必當初！少麻煩老頭子，他就不會逃跑了！

男：女人嗎？有什麽辦法？男人安份守已的在家裡吧，這個也不對，那個也不對的指責他，一旦男人忍受不了跑了，又哭哭啼啼的到處找他，眞是何苦！

童：我那位老泰水沒有老泰山在一塊，所有的牢騷都發在女兒身上，我太太就發在我身上，一天到晚，就這麼惡性循環……

男：別說話！看那個坐着吃麵的老先生背影，眞像我的老岳父………嗨！就是他！眞是踏破鐵鞋無覓處，得來全不費功夫！我抓到他了！

童：輕輕的喊他，小心嚇着他老人家……

男：（腳步）爸爸！您怎麼在這兒吃麵，不回家呢？

父：啊！你………我還以爲是你岳母呢？

男：岳母到處找您，急壞了，她老人家現在住在我家裡，一塊回去吧！

父：不！我不回去，我剛過了幾天自由日子，我不回去受她管！

男：你這樣吃飯多不方便呢？你住那個旅館，我幫你去拿東西！

父：我出來的時候沒帶東西，拿了你岳母幾百塊錢，眼看就化光了………

童：老先生還是回家去吧！老夫妻還鬥氣做什麼呢？

父：不是我和她鬥氣，我是要恢復我的自由啊！

男：爸爸！這是我的同事，童言，這是我岳父！

童：伯父！我們陪你回去，老太太一定不再嘮叨你了！

父：（數錢）一十，二十，三十……

男：爸爸！你數錢做什麼？
父：我算算還有多少錢，我還想再自由一天……還夠喝酒的！怎麼樣？我請你們倆喝酒！
男：我怕回去晚了，嫦娥會生氣！
父：笑話！我都不怕，你怕什麼？小子！有勇氣嗎？
男：我……
父：怎麼樣？先生！你參加嗎？
童：我……好吧！我也是逃出來的，咱們是同病相憐！你說去那兒！我奉陪，我剛借的一百元，除去這兒吃的，還有剩……
父：那咱們就先去逛逛街，然後去喝酒！夥計！算帳！
——音樂——
母：我吩咐妳多少次了！千萬不能叫男人摸到錢！他們一拿到錢，你就沒辦法管住他了！
女：德成向來不私自拿我的錢，他吃的，穿的、都是我替他準備好的，平常吸煙，也是我替他買好的，他根本用不着花零錢的……不曉得他今天偷一百塊去做什麼？

母：哼！還會有有什麽好事做！像你爸爸吧！偷了我的錢，幾天不見影子害得我到台北找他。

女：媽！會不會德成也離家出走了？媽！都是你！拉着我出去一天，讓他一個人過星期天，他怎麽能不生氣？

母：你太嬌慣你男人了！星期天留他在家休息是做錯了嗎？

女：自你來了這幾天，我都沒好好和他說話，他已經一肚子火兒，今天我們又一天不在家……

母：那你是怪我來錯了？好啦，明天我回南部去！省得說我破壞你們夫妻的感情。

女：媽，我不是那個意思，我是說你——

母：說我什麽？說我教育你錯了？挨！我簡直是幾面不是人啊！關心你爸爸吧，惹人家討厭，老頭子不聲不響的跑了，現在關心你吧！又落個多管閒事！我這個老太婆眞是到處惹人討厭啊！

女：媽！你的好意，我們都懂，就是你的脾氣……

母：改不了！這麽大年紀了！誰也沒有辦法改變我！

女：你也沒辦法能叫別人跟着你改變啊！

母：你說什麼？

（門鈴聲）

女：阿娟！去開門！媽！如果爸爸這次回來，你就讓他老人家一點吧！爸爸爲了這個家，辛苦了一輩子，這麼大年紀了，他喜歡做什麼，就讓他做什麼吧！他喜歡喝喝酒，下下棋，玩玩鳥，您就順着他點，別勉强他，一定得順着你的意思去生活，那爸爸活着有什麼意思呢？

母：啊！你現在同情你爸爸了，我問你，如果德成和你生活在一起，什麼都是背道而馳，你能忍受嗎？你想想看，一個星期讓他陪我去一次教堂，他都拒絕，你想，我怎麼受得了！每次，我都特別爲他禱告主啊！請拯救這罪惡的人！

女：媽！你不覺得你太固執了嗎？你又何必勉强他信教呢？

母：嫦娥！沒有宗教信仰的人會犯罪啊！

女：可是藉了主的道犯罪的更多！在這方面，我從不勉强德成……

（父婿倆，醉醺醺，哼着歌和平劇回來）

父（哈哈）：今朝有酒今朝醉……

男：喝完了這杯，請盡點小菜……

母：上帝！這兩個罪人囘來了！

女：奇怪，德成怎麽會和爸爸在一塊兒的？

母：一定是他們暗地約好的，就騙我們母女兩個，我們在這兒爲他們擔心着急，他們却喝酒去了！哼！這就是男人！

父：喂！久違了！

男：對不起，讓兩位久等了！

母：………

女：………

男：嫦娥！我囘來！

女：………

男：嫦娥！我把爸爸找囘來了！

女：你呀！死鬼！我問你！偸了我的錢，一整天，你去做什麽啦？

男：去找爸爸呀！

女：胡說，你怎麽知道爸爸在那兒啊？

父：我們在小飯館碰到的。

母：還有臉說呢？你偷我的錢都花光了吧？老不正經，你這兩天都到那兒去逍遙啦？

父：太太！你再拿這種態度對我，我馬上就走！

母：走？你嚇不了我，你們男人就是這麽不負責任，一走了之！你知道你走了這幾天，我的日子是怎麽過的嗎？吃也吃不下，睡也睡不着，到處找你，現在找到你，可是你……（要哭）

父：唉！哭什麽？在家裡你少嘮叨我，少管我，多給我點自由，不比你現在哭强？

母：管你還不是爲你好？

父：謝謝！我受不了！

女：（哭）我才受不了呢！都是爸爸把德成帶壞了！

男：你這是什麽話，你跟你媽出去一天，不管我死活，你還有理啦？

女：你去喝酒就有理啦？

母：我難道不能跟我的女兒在一塊？你這叫什麽話？「跟你媽」？哼！一點禮貌都沒有！

女：死鬼！我不準你再說話！她是媽！

父：嫦娥！你不能太欺負德成，你不能學你媽的樣兒！

母：我怎麽啦？一切我都爲你好！
女：我一切還不是爲德成好！
父：好！好！你們再吵！我要走了！
男：我也走！
(母女倆停止哭鬧)
父：德成！來吧！來下盤棋吧！看看誰輸贏！
男：爸爸，看情形，我們第一回合已經贏了！
父：啊！是啊！哈哈！
(教堂鐘聲)
父：打太極拳，第一個最重要的是豎架子，以內功微妙之運動才能獲得養心，養氣，養神之功效！看看！
男：是！
父：這些年，如果不是學會了打太極拳，我和你岳母的日子眞不知道應該怎麽過……站好！左右分腳！身體須站正，放鬆，沉着……所以你應該學會打太極拳，將來用處很大。

男：我有點怕！

父：怕什麽？

男：我怕是會了拳，等嫦娥和我嘮叨的時候，我會不會用太極拳之拳打她！

父：傻小子！太極拳是推的，不是打的！像現在「辦公室」，不是推來推去，誰也不負責任，誰也不得罪誰，就叫推太極拳嗎？和你岳母，嫦娥這樣的太太，就是想法推，要勻靜細長，而禁粗暴！

男：是啊，她們太關心我們，和不關心我們都叫我們受不了！

父：所以你必須學會太極拳之道，它可以修心健身，增進體能，充精沛力，陶冶性情，使暴燥者趨於安靜，因此，你岳母再怎麽嘮叨我，麻煩我，我都不動聲色！

男：那你這次怎麽會決心出走呢？

父：站好！小子！

男：哎喲！輕點踢！岳父我快吃不消了！

父：看，這叫雲手，左、右前、後、上、下……

男：左、右、前、後你年青的時候，也這麽怕岳母嗎？

父：金鷄獨立……你岳母是個很精明的女人，我得她幫助不少，就是脾氣固執，說一不二……

男：嫦娥很像岳母，太專制，金雞獨立了還怎麼樣？

父：多獨立一會，却又需要家的溫暖了！那一百塊錢，你怎麼報銷？

男：因爲我們的聯合攻勢很好，嫦娥沒追問我，我想可以不了了之！

父：好！踢！這動作要快，要有力！這叫做，靜如鐘，動如風，打不打在心中，知己知彼，百戰百勝！她們娘倆去那兒啦？

男：教堂！

（教堂鐘聲）

衆：（祈禱聲）感謝我們在天上的父……阿門！（衆散去聲）

女：媽！爸爸現在教德成打太極拳，不曉得爲什麼？

母：那還不是爲了對付我們！唉！怎麼辦呢？

父：爸爸也回來了，還有什麼怎麼辦呢？

母：回來有什麼好？你沒覺得他和德成的架子都搭起來了嗎？現在我們倒聽他們指揮了，眞是豈有此理，這麼多年，我從沒向你爸爸低過頭，看他這次回來，這個神氣勁兒，好像「離家出走」得名正言順啦！

女：這都怪我們對他們太好啦！都把他們嬌縱壞了！

母：對啦！我們應該想個辦法，對他們無情一點，讓他們嚐嚐冷落的味道，省得說我們話太多。

女：眞是的，又傷神，又費心，這是何苦呢？

母：女人的命就是苦的，孝順父母，伺候丈夫，管教兒子，最後是費力不討好，叫人人討厭，這眞是何苦呢！

女：我們總得想個辦法，讓他們瞭解我們才好啊！

母：唉！只有狠起心腸不說話了！

（音樂）

男：嫦娥！該給我雙襪子換了吧？這雙都穿了三天啦！你雖然沒催我，我自己都覺得不好意思啦！瞧！這件襯衫也穿得有歷史了！嘻——嫦娥！你怎麼坐着不動呢？快一點！我要去上班？哎，奇怪，她像聾了似的，好像一點都沒聽見我講話……（大聲）嫦娥！她站起來了，我想她的耳朵大概有毛病了！

女：阿娟！快一點收拾房間，跟我到菜場買菜。

聲：是。

男：嫦娥，時間不早了，快一點替我找出來好嗎？

（收音機突然播出音樂）

男：你是怎麼囘事？人家等的急的不得了，你還有閒情聽音樂！

（沒囘答，只聽見音樂）

男：嫦娥！你不舒服嗎？最近我的什麼事，你都不聞不問，我到底怎麼得罪你啦？你說話呀！（小聲）各位聽衆，你知道我太太怎麼啦！看她的神情，好像沒我這個人存在似的……老太太來啦！我來問問她，也許她能瞭解她自己的女兒……媽！您早！

母：嫦娥！咱們該走了。

女：馬上就走！

男：你們又上那兒去？每次下班囘來看不見你的人影，可不太像話！

（父從裡面追出來）

父：喂！嫦娥她媽！你吃了啞吧藥了是怎麼啦？我這兒是要什麼，什麼沒有，找什麼，什麼找不到，你到底打什麼主意？

（母女倆突然笑起來）

女：（笑）媽，你別說了，笑死人了。

母：（笑）是啊！我看那個老小子還怎麼得意！
父：那個老小子？你們說誰？
女：有些人就是太不自量，尤其是有些男人眞不知天高地厚……
男：眞急人！襪子襯衫你都擺在那兒啦！告訴我，我自己去找好不好？
母：所以我就對他說：「好啦！不服氣，咱們就試試看。」誰願意瞎操心，費力不討好啊？你說是不？嫦娥！
女：那可不，女人又不是賤骨頭，還不是因爲愛！媽！你看我這件衣裳漂亮不？
男：買菜穿這麼漂亮幹什麼？
母：很美，女爲悅己者容，他一定很高興！
男：他是誰？你穿給誰看？
父：你們母女倆打算做什麼去？這麼高興？
女：有些男人是眞自私，女人穿件衣裳也要看他高興不高興，他高興了吧！看女人什麼都好，一旦他有失意的時候，瞧吧！那付嘴臉，不管你是他母親，是他太太，都不存在啦！可是女人啦！！却是做任何事，都是爲了男人活着，唉！眞可憐！
男：我可從來都是爲你活着的，你說話不憑良心！

母：唉！男人也可憐！等他眞沒女人護衛他的時候，他們又會變得六神無主啦！嫦娥！你看我戴這頂帽子還不錯吧？

父：眞滑稽！這麼大年紀啦，還戴什麼帽子！女人就是想盡花樣花男人的錢，我看你這次到台北來以後，簡直變了另一個人了！

女：媽！你以爲我這樣做對嗎？我心裡總覺得有些歉咎。

男：你做了什是？嫦娥！你做了什麼？

母：那有什麼關係？你對他忠心，你對他愛情專一，他却以爲你半老徐娘沒有人再愛你的緣故呢？

父：你們母女在搞什麼鬼呀，你在教你女兒什麼呀！

男：嫦娥，嫦娥！你不愛我了嗎？

女：唉！也只好如此了！男和女是永遠無法瞭解的！

男：（低聲）爸爸！我們已經死了嗎？是不是我們的靈魂在說話？他們母女怎麼對我們一點反應都沒有呢？

父：奇怪，我好像也感覺到我已經不存在了似的……這是怎麼回事呢？

母：嫦娥！打扮好了吧！走吧！我們還有好些事情要做呢！雖然說女人整個的生命，是爲了男人的愛而活着，可是一旦女人醒悟的時候，她會比神都堅强！

父：（低聲）德成，你聽你岳母說什麽？是不是在唸戲詞兒？

男：（低聲）天啊！我好像已經不在嫦娥的心嵌裡了！

聲：太太！走吧！

女：把大門鎖上，等一會兒你先回來……

母：走吧！我們也會自找樂趣呢，只爲了男人活着，那才是傻瓜呢！（笑）

男：（急）（大聲）嫦娥！嫦娥！你眞的不管我了嗎？

父：嫦娥她媽，你怎麽可以這麽狠心！一走了之！回來！回來！

母：

女：（笑）走吧！阿娟！

男：嫦娥！回來！你不能對我不負責任！

父：回來！你們敢……

（大門在笑聲中砰然一聲關上）

（收音機中的音樂放大）

男：（低沉的痛苦的）唉！

父：唉！

男：爸爸！

父：嗯？

男：請你打我一拳好嗎？

父：啊，爲什麽？

男：打這兒！

父：打這兒？

男：啊喲！輕一點！痛死我了！

父：啊！對不起！這是我練太極拳練的，這是掌上功夫！

男：你這一打，我才覺得不是我的靈魂在痛，是我的肉體在痛！你覺出來了嗎？這是對我們封鎖啊！

父：也許我們的反抗態度，太讓她們傷心了！其實，只要女人們少說話，用沉默來愛我們，誰又不願意接受呢？

男：剛才她們母女倆不是用沉默來對付我們嗎？唉！這種沒有女人聲音的日子眞不好過！怎麽辦吧？

父：投降吧！

男：我好像剛把腰幹伸直了一會兒，就投降嗎？

父：那你願意像現在這種情形繼續下去嗎？視而不見，聽而不聞，我情願去精神療養院住，比在家裡好！

男：那我們還是出走吧！

父：出走？快別提出走了吧！憑上次的出走經驗，那種滋味不是人受的，東吃一頓，西喝一頓，走到那兒睡到那兒，像個孤魂野鬼一樣，無依無靠的，我還是情願待在家裡，讓你岳母管着舒服點！雖說女人們嘮嘮叨叨的叫人不喜歡，可是總比像這樣不說話可愛多了！

男：自從嫦娥不管我的事以後，我忽然感到自己像個孩子，自己什麽事也不會照顧了

父：德成！我看這麽辦吧！我自動返回新竹家裡去，如此，比較容易解決，如此也可消滅她們母女的聯合力量，你以爲如何？

男：如果冷戰不結束，爲了避免進精神療養院也只好如此了！唉！

父：唉！

——音樂——

女：德成！你整理好了沒有？

男：馬上就好，領帶打好就好了！

女：去叫車沒有？

男：在門口攔一部不就得了！（低聲）眞囉嗦！

女：你說什麽？

男：沒說什麽？………我說………你想的眞週到………

女：快一點！少廢話，媽就出來啦！哎呀，到現在你還沒穿皮鞋！

男：你不是說你心臟弱，我怕穿皮鞋吵了你………

女：啊喲，誰叫你這麽體貼的？討厭！

男：唉！眞！動輒得咎。

母：嫦娥！該走了吧！

女：哎！你的東西都替你整理好了，是爸爸跟——德成整理的………

母：德成！眞感謝你！嫦娥她爸爸，如果你永遠都對我這麽關心多好，唉！

父：瞧瞧，又嘆什麽氣嗎？我那一天不想着你？三四十年的老伴了，你就永不會瞭解我對你的心………唉！

母：你有時間就去打拳下棋，從不想我旳日子怎麼打發？我們現在兒女都大了，誰也不再需要我幫忙，我閑着做什麼嘛？

父：所以閑着就對我嘮叨個沒完！眞是女人。

母：什麼女人？你……

父：好好！太太，有賬咱們家裡算去，別再弄得女兒女婿不安好嗎？

女：爸爸！你聽媽媽的話不就得了嗎？禮讓一點，不就什麼都過去了！管人家說你怕太太也好，或是愛太太也好，只要自己瞭解太太對丈夫的苦心就好了！

男：別教訓爸爸了，計程車等在門口呢？

女：上車吧！

母：我眞捨不得走！大家住在一塊多好哩！

男：（低聲）有什麼好？簡直是受洋罪！

父：過些時候我們會捲土重來的！德成！是不是？唉！你想什麼？

男：啊！沒有……我只是覺得你和岳母一走，我這個小屋好像大多了似的……

（儍笑）嘿嘿！

（計程車喇叭催客）

母：再見！女兒！再見！德成！

女：媽！再來先寫信來！我和德成去接你！

男：哎，我去接你——一定把領帶打好！

父：德成，我們走了！好好聽你太太的話，她是個能幹的太太——除了話多一點、一切都好！

男：我很知足，爸爸！下次再出走的時候，先寫信給我，省得岳母到處找你！

女：你說什麼？

（計程車喇叭聲）

男：啊！我說計程車在催入了！再見，岳母！謝謝你給我這麼一個美好的女兒！再見！

母
父
女：再見！再見！

（計程車將離去）

男：各位！咱們也說再見了！我得趕快上車去送行，否則……

女：德成，死鬼！就等你一個人，又蘑菇什麼？你還不上車，還要做什麼？

男：來啦！我很榮幸，老頭銜又上口了！好！各位！下次咱們再在這兒聊天吧！老時間老規矩！by！啊！我還有一句話要告訴各位！還是看做「老婆是自己的好」吧！
那樣，你會快樂無窮！再見！

（計程車離去）

——音樂——

二又二分之一

導演：崔小萍
配音：李　林
錄音：張川培
報幕：歐陽天

德　成：趙　剛
嫦　娥：徐　謙
父：曾　淳
母：崔小萍
童　言：尹傳興

後語

民國五十年二月，出版了「芳華虛度」第一個廣播劇集以後，五十四年出版「受難曲」，到現在的「第二夢」，使我感到十幾年歲月悠悠，却像在昨日夢中；遺失了的再也無法尋回，得到的好像又不是自己所要的。眞是「人生如戲，戲似人生」！時到如今，彷彿才領悟出「一點點」道理。

感謝前中國廣播公司總經理，現任新聞局長魏景蒙先生，在百忙中爲我寫前言，聶光炎棣爲我作封面設計，賈亦棣兄，周玉銘先生，和姚幼舜棣，幫助我出版這本小書。

更謝謝我的聽衆朋友們喜歡收聽我所負責製作導演的廣播劇節目，十年如一日！

崔小萍

五十六年六月

語言文學類　PG0414

崔小萍廣播劇選集：第二夢

作　　者 / 崔小萍
責任編輯 / 林泰宏
圖文排版 / 陳湘陵
封面設計 / 蕭玉蘋

發 行 人 / 宋政坤
法律顧問 / 毛國樑　律師
印製出版 / 秀威資訊科技股份有限公司
114 台北市內湖區瑞光路 76 巷 65 號 1 樓
電話：+886-2-2796-3638　傳真：+886-2-2796-1377
http://www.showwe.com.tw
劃撥帳號 / 19563868　戶名：秀威資訊科技股份有限公司
讀者服務信箱：service@showwe.com.tw
展售門市 / 國家書店（松江門市）
104 台北市中山區松江路 209 號 1 樓
電話：+886-2-2518-0207　傳真：+886-2-2518-0778
網路訂購 / 秀威網路書店：http://www.bodbooks.tw
國家網路書店：http://www.govbooks.com.tw
圖書經銷 / 紅螞蟻圖書有限公司
114 台北市內湖區舊宗路二段 121 巷 28、32 號 4 樓
電話：+886-2-2795-3656　傳真：+886-2-2795-4100

2010 年 10 月 BOD 一版
定價：280 元

國家圖書館出版品預行編目

崔小萍廣播劇選集：第二夢 / 崔小萍著.
-- 一版. -- 臺北市 : 秀威資訊科技, 2010.10
面 ; 公分. -- (語言文學類 ; PG0414)

BOD 版
ISBN 978-986-221-573-9(平裝)

854.7 99015409

讀者回函卡

感謝您購買本書，為提升服務品質，請填妥以下資料，將讀者回函卡直接寄回或傳真本公司，收到您的寶貴意見後，我們會收藏記錄及檢討，謝謝！

如您需要了解本公司最新出版書目、購書優惠或企劃活動，歡迎您上網查詢或下載相關資料：http:// www.showwe.com.tw

您購買的書名：________________________________

出生日期：________年________月________日

學歷：□高中（含）以下　□大專　□研究所（含）以上

職業：□製造業　□金融業　□資訊業　□軍警　□傳播業　□自由業

□服務業　□公務員　□教職　□學生　□家管　□其它______

購書地點：□網路書店　□實體書店　□書展　□郵購　□贈閱　□其他

您從何得知本書的消息？

□網路書店　□實體書店　□網路搜尋　□電子報　□書訊　□雜誌

□傳播媒體　□親友推薦　□網站推薦　□部落格　□其他__________

您對本書的評價：（請填代號　1.非常滿意　2.滿意　3.尚可　4.再改進）

封面設計____　版面編排____　內容____　文／譯筆____　價格____

讀完書後您覺得：

□很有收穫　□有收穫　□收穫不多　□沒收穫

對我們的建議：________________________________

____

____

____

請貼
郵票

11466
台北市內湖區瑞光路 76 巷 65 號 1 樓
秀威資訊科技股份有限公司 收
BOD 數位出版事業部

....

（請沿線對折寄回，謝謝！）

姓　　名：＿＿＿＿＿＿＿＿＿＿　年齡：＿＿＿＿　性別：□女　□男

郵遞區號：□□□□□

地　　址：＿＿＿＿＿＿＿＿＿＿＿＿＿＿＿＿＿＿＿＿＿＿＿＿

聯絡電話：（日）＿＿＿＿＿＿＿＿＿＿＿（夜）＿＿＿＿＿＿＿＿＿＿＿

E-mail：＿＿＿＿＿＿＿＿＿＿＿＿＿＿＿＿＿＿＿＿＿＿＿＿